陰の将軍、烏丸検校

九代目長兵衛口入稼業　三

小杉健治

集英社文庫

目次

陰の将軍、烏丸検校

九代目長兵衛口入稼業　三

第一章　後ろ盾

一

池之端仲町《いけのはたなかちょう》にある料理屋『鮎川《あゆかわ》』の二階の座敷から不忍池《しのばずのいけ》が望める。池の真ん中にある弁天島にたくさんのひとがお参りをしている。

昼下がりで、『鮎川』の二階に客は少なかった。他の部屋にもう一組いるだけだ。

「長兵衛《ちようべえ》」

御代官手付《てつき》の筒井亀之助《つついかめのすけ》は真顔になって、

「相談というのは大前田栄五郎《おおまえだえいごろう》のことだ」

と、ようやく切りだした。

「大前田栄五郎……。はて、どなたですか」

長兵衛は首を傾《かし》げた。

「とぼけるな。おぬしのところにいる勝五郎《かつごろう》のことだ」

「勝五郎ですか。大前田栄五郎と仰《おつしや》るので、誰かと思いました」

「上州《じようしゆう》大前田村の栄五郎は大前田を中心にその周辺を縄張りにしている博徒《ばくと》の倅《せがれ》だ。

栄五郎は祭礼博打《ばくち》の場所割りのことでもめてから、ことあるごとにいがみあっていた新《につ》田郡《たぐん》久々宇《くぐう》の丈八《じょうはち》を、仲間と三人で斬り殺して長《なが》の草鞋《わらじ》を履いた」

「丈八はどんな男なんですね」

　長兵衛はきいた。

「博徒だが、八州取締役《はっしゅうとりしまりやく》の道案内人をしていた。役目を笠に着て強請《ゆす》りや敵対する博徒を潰したりしていた」

「とんでもない奴《やつ》ですね」

「うむ、だが、相手がどんな奴だろうが、ひと殺しに目を瞑《つむ》るわけにはいかぬ。手配書がまわっている」

「まだ捕まっていないんですね」

「おぬしが匿《かくま》っているからだ」

　長兵衛は体が大きく、胸板も分厚い。細面《ほそおもて》で逆八文字の眉は太く、切れ長の目はややつり上がり、まっすぐ高く伸びた鼻筋に微笑《ほほえ》みを湛《たた》えたような口元。凛々《りり》しく、そして男らしい顔立ちだ。押し出しがよいので、若いのに貫禄《かんろく》がある。

「匿うなどとはとんでもない」

「では、その勝五郎を引き渡せ」

　亀之助は鋭く言う。

「なぜですか」

「なぜだと？　大前田栄五郎はお尋ね者だ」

「どうして勝五郎が大前田栄五郎だと思うのですね」

「丈八の手下が確かめた」

「手下が間違っているかもしれませんぜ」

「これ以上匿うなら、奉行所の手を借りて『幡随院《ばんずいいん》』に踏み込む」

「ご無体な」

「役儀だ」

「筒井さま。勝五郎は『幡随院』が引き受けた者でございます。一度、引き受けたら家族も同然。家族を引き渡す者がどこにおりましょう」

浅草花川戸《はなかわど》にある『幡随院』は口入《くちい》れ屋で武家屋敷や商家に中間《ちゆうげん》や下男などの奉公人の世話をしている。土木工事や荷役をする人足の派遣もしており、そのために常時、若い男を大勢寄宿させている。

大前田栄五郎は江戸に行くならどこを頼ればいいか評判を訊《たず》ねまわった。幡随院長兵衛というひとは歳《とし》は若いがたいした貫禄だという話をあちこちで聞いてやってきたのだ。自分を頼ってきた者を差し出すわけにはいかない。

「丈八の手下が徒党を組んで江戸に乗り込むと言っている。『幡随院』を襲い、栄五郎をとっつかまえると息巻いているのだ」

亀之助は一呼吸置き、

「江戸で派手な喧嘩《けんか》をさせるわけにはいかぬ。その前に、こっちで栄五郎を捕まえねばならぬのだ」

「筒井さま。はったりですぜ」

「はったり？」

「丈八の手下が江戸に出てきて暴れるなんて出来っこありません。代官所がなかなか捕まえないので痺《しび》れを切らしたんでしょう」

「だからと言って、このままで済まされることではない。御代官手付としての俺の立場もある。八州取締役も……」

「勝五郎を大前田栄五郎と見誤った男がいけないんですよ。筒井さまがひと違いだったと仰ればそれで済む話じゃありませんか」

「ばかな。長兵衛、あくまでも逆らうのか」

「逆らう気は毛頭ありません」

「だが、勝五郎を出さぬではないか。そのほうがその気なら……」

そのとき、襖《ふすま》が開いて若い女が駆け込んできた。ここの女中だ。髪がほつれ、着物が乱れていた。

「お願いです、お助けを」

「どうした？」

亀之助が鋭い顔つきできいた。

「お客さまが私を……」

乱暴な足音がして、坊主頭の男と細身の暗い顔つきの男が部屋に入ってきた。

「無礼者」

亀之助が一喝した。

「お侍さん、引っ込んでいてもらいましょう」

坊主頭が言い、女の手を摑《つか》んで引っ張ろうとした。二十七、八歳の小肥《こぶと》りな男だ。

「やめるんだ」

長兵衛は立ち上がって坊主頭の体を突いた。坊主頭はひっくり返った。

「てめえ」

坊主頭が起き上がったが、細身の男が坊主頭の前に出て、長兵衛と対峙《たいじ》した。長兵衛と同じ二十代半ばのようだ。

「俺が相手だ」

低い声で言い、匕首《あいくち》を抜いて構えた。

「どうやら武芸の心得がありそうだな」

長兵衛はその構えを見て言った。

そのとき、新たな男が入ってきた。侍だ。大柄な長兵衛と同じような体つきだ。

「旗本の草間大膳《くさまだいぜん》だ。女を寄越《よこ》してもらおう」
三十二、三といったところか、眉が太く、目も大きい。
「草間大膳どの、お役目は？」

亀之助が立ち上がってきいた。

「誰だ、おぬしは？」

「御代官手付の筒井亀之助でござる」

「木っ端役人の分際で」

草間大膳が口元を歪《ゆが》めた。

「旗本だろうが、こんな無茶はいけません」

亀之助がたしなめるように言う。

「俺に盾突くとどうなるかわかっているのか」

「草間さま、どうかお役目を」

亀之助が迫った。

「無礼であろう。なぜ、そんなことをきくのだ？」

草間大膳は大声を張り上げた。

「拙者、寡聞《かぶん》にして、草間大膳さまの名を存じあげません。草間八兵衛《はちべえ》さまとご関係がおありか」

亀之助はぐっと前に出て、

「草間八兵衛さまをご存じか」

「知らぬ」

「おぬし、ほんとうに旗本か」

「………」

「どうした、何か言ったらどうだ。言えぬところを見ると、どうやら、違うらしいな。旗本を騙《かた》るとはとんでもない奴だ。奉行所に突き出してやる。誰か、自身番に知らせろ」

亀之助は廊下にいる店の者に伝えた。

そのとき、坊主頭の男が亀之助に近づいていった。坊主頭は亀之助の耳元で何事か囁《ささや》いた。

とたんに、亀之助の顔色が変わった。長兵衛はおやっと思った。

坊主頭はにやつきながら、

「さあ、どうするんだえ」

と、亀之助をからかう。

亀之助は唇を噛《か》んで押し黙っている。

草間大膳が亀之助に向かい、

「筒井亀之助と申したな。どうだ、この女をもらっていく、よいな」

と、押し殺した声で迫った。

亀之助は微《かす》かに頷《うなず》く。

長兵衛は呆気《あっけ》にとられた。

草間大膳が女中のそばに行った。女中は悲鳴を上げて後退《あとずさ》った。

「お許しを」

「来い」

草間大膳は女中の手を摑んだ。

「お待ちなさい」

長兵衛は一歩、前に出る。

「長兵衛、よせ」

亀之助が叫んだ。

長兵衛は耳を疑った。

「今、なんと」

「逆らうな」

「冗談ではありません。たとえ、相手が旗本であろうが、理不尽な振る舞いは許せるものじゃありません」

長兵衛は吐き捨て、改めて草間大膳に向かい、

「女を放してもらいましょう」

「おまえの名は？」

草間大膳がきいた。

「花川戸で『幡随院』という口入れ屋を営んでいる長兵衛と申します」

「口入れ屋か」

草間大膳は冷笑を浮かべ、

「おまえの出る幕ではない。引っ込んでいろ」

「その女中を放せば引っ込みましょう」

「なんだと」

いきなり坊主頭が長兵衛の胸倉に手を伸ばしてきた。長兵衛は胸元で相手の手首を摑み、大きくひねった。

坊主頭の体が宙に浮かんで背中から落ちた。

「痛《いて》え。畜生」

坊主頭は跳ね起きたが、身構えただけだった。

「さあ、放してくださいな」

長兵衛は草間大膳に迫る。

「貴様。許せぬ」

草間大膳は女中の手を放し、脇差に手をかけた。

「こんな座敷で刃傷《にんじょう》沙汰はいけませんぜ。やるなら外に出ましょう」

長兵衛が言うと、草間大膳は口元を歪め、

「よし、いいだろう」

と、先に部屋を出た。

長兵衛があとに続こうとしたとき、

「長兵衛、やめるんだ」

またも亀之助が引き止めた。

「筒井さま。恐れることはありません。二度と悪さが出来ないようにしてやります」

長兵衛が部屋を出ようとしたとき、女将《おかみ》が前に立ちふさがった。

「やめてください」

「なに？」

またも、長兵衛は耳を疑った。

「どうぞ、お戻りを」

部屋の中に長兵衛を押し戻して、女将は廊下に出た。長兵衛は女将のあとを追う。

女将は草間大膳に懐紙に包んだものを渡している。

「どうぞ、これで」

草間大膳は受け取った物の重さを手のひらで確かめて、

「いいだろう」

と、懐に仕舞った。

「幡随院長兵衛、また会おう。おい、引き上げるぞ」

大膳は自分の部屋に戻った。坊主頭と細身の暗い顔つきの男もあとに従った。

「女将さん、あの者にいくら渡したんだ？」

長兵衛は憤然と言う。

「仕方ないんです」

「なにが仕方ないんだ？」

「店を守るにはこうするしか」

女将は唇を嚙んだ。

「あんな連中に好き勝手されていいのか」

長兵衛は激しく言い捨て、

「取り返してくる」

と、部屋を出ようとした。

「待て、長兵衛。相手が悪い」

亀之助が顔をしかめている。

「さっき、偽旗本だと看破したじゃありませんか」

「烏丸《からすま》の左団次《さだんじ》だ」

亀之助は押し殺した声で言う。

「烏丸の左団次？　なんですね、役者みたいな名ですが」

長兵衛はきき返す。

「烏丸検校《けんぎょう》の身内だ」

「烏丸検校？」

公儀公認で当道座《とうどうざ》と呼ばれている盲人のための集団がある。位があり、一番上から検校、別当《べっとう》、勾当《こうとう》、座頭《ざとう》などに分かれていて、すべての盲人は検校の支配を受ける。京にいる総検校の下で、関八州の盲人を束ねるのは惣録《そうろく》と呼ばれる検校で、本所《ほんじょ》に惣録屋敷がある。

「検校の身内だろうが、悪事を見逃すわけにはいきませんぜ」

「俺は引き上げる」

亀之助は自分の座所まで戻り、刀掛けから刀を取ってきた。

「待ってください。烏丸検校がそんなに怖いんですかえ」

長兵衛は亀之助の前に立ちはだかる。

「どいてくれ」

「勝五郎のことはもういいんですね」

長兵衛は呆《あき》れて言う。

「また改めてだ」

亀之助は逃げるように部屋を出て階段を下りていった。

長兵衛は茫然《ぼうぜん》と見送った。

さっきの女中を階下に逃がした女将が階段を上がってきて、

「長兵衛親分。もうだいじょうぶですので」

と、厳しい表情で言った。

「女将。いったいどうなっているのだ？」

「もう、済みましたので。さあ、親分さん。どうぞ、お呑《の》み直しを」

「筒井さまは帰られてしまった。ひとりではどうしようもない。俺も帰る」

「そう仰らずに。今、新しいお酒をお持ちしますから」

「どうやら、俺を階下《した》に行かせたくないようだな」

「…………」

「あの連中、まだ帰らずにいるのだな」

「もうそろそろ引き上げるところです」

「引き上げるまで、俺にここにいろと?」

「申し訳ありません」

「さっき、なぜ金を渡した? そんなことをしたら、あの連中、味をしめてまたやって来るぞ」

「………」

「このままでいいのか」

「仕方ありません」

廊下で人声がした。さっきの連中が帰るところらしい。

「どうぞ、ここで」

長兵衛を押しとどめ、女将は部屋を出ていった。

二

長兵衛はひとり、憤然として残りの酒を呑んだ。

威勢のよかった亀之助は坊主頭から耳打ちされるや態度が急変した。「あのお方は烏丸の左団次だ」と告げられたのだろう。

烏丸検校がそれほど怖いのか。

幕府は盲人のために当道座を作った。

盲人は琴奏者や鍼灸《しんきゅう》、按摩《あんま》などの仕事に就くことが出来、金貸し業も許された。

座頭から金を借りて、期日までに返せないと、仲間を引き連れて借り主の屋敷の前で鉦《かね》や太鼓を叩《たた》いての「金返せ」の大合唱。そんな嫌がらせをしている光景を目にしたことはあるが、座頭は何の関係もない人々に嫌がらせなどはしない。

旗本の名を騙って料理屋に乗り込み、やりたい放題。そんなごろつきをどうして、筒井亀之助は見逃したのか。

確かに、江戸の町では御代官手付は支配違いだ。それなら、とっつかまえて奉行所に突き出せばいい。

しかし、亀之助は尻尾を丸めて逃げていった。

襖が乱暴に開いた。長兵衛は振り向く。女将ではなかった。さっきの坊主頭が顔を出した。

「なんだ」

長兵衛は猪口《ちょこ》を持ったまま、きく。

「さっき受けた傷が痛む。薬代でも出してもらおうと思ってな」

坊主頭はわざとらしく顔をしかめる。

「薬代なら烏丸の左団次に出してもらえ。女将からふんだくった金がある」

長兵衛は突き放すように言う。

「てめえ。左団次さまを呼びつけにしやがって」

坊主頭が腕まくりをして息巻いた。

「また、痛い目に遭いたいのか。俺はむしゃくしゃしているのだ。今度は手足の一本でもへし折ろうか」

「なにをっ」

「かかってくる気か。勝手に俺に向かってきて怪我《けが》でもしたら、左団次にあとで叱られるぞ」

「今日のところは見逃してやる。だが、この恨みはいつか晴らす。俺には腕の立つ仲間が何人もいるんだ」

「そうかえ、そいつは頼もしい。いつでも来い。待て、おまえの名を聞いておこう。名はなんだ？」

「奥坊主《おくぼうず》の周泡《しゅうほう》だ」

「奥坊主だと。奥坊主がどうしてこんな町中にいるのだ。お城勤めじゃねえのか」

「そんなことてめえに言う必要はねえ」

「そうか。旗本の草間大膳と同じで偽者か」

長兵衛は挑発するように言う。

「てめえ」

周泡は顔を紅潮させた。

「ここにいたのか」

左団次が周泡の背後から顔を出した。

「こいつ、許せねえ」

「きょうのところはこれまでだ。帰るぞ」

左団次は長兵衛に顔を向けた。

「今、女将から聞いたんだが、おめえは今売り出し中の俠客《きょうかく》だそうだな。なかなかの俠気《おとこぎ》だ。俺はそういう英雄気取りの男を這《は》いつくばらせるのが好きなんだ」

「堅気《かたぎ》の衆に迷惑をかけるような真似《まね》はやめるのだ」

長兵衛は声をかけた。

「長兵衛、また会おう」

「待て。ここの呑み代はちゃんと払ったんだろうな」

「払いたかったが、女将が受け取らないんだ」

「いい加減なことを言うな」

「女将、ちゃんと言ってやれ」

様子を見に来た女将は困惑顔をしている。

「女将。この連中から代金はとらないのか」

「はい」

「わかったか」

左団次は含み笑いをして部屋を出た。

長兵衛もあとに続いた。

階下に下りると、ちょうど店先に定町廻《じょうまちまわ》り同心《どうしん》の河下又十郎《かわしたまたじゅうろう》が入ってきた。

「旦那」

女将が驚いたような顔をした。

「女将、暴れている客がいると聞いたが」

又十郎は長兵衛に気づいて声をかけた。

「やっ、長兵衛。いたのか」

「河下さま。自身番からの知らせを受けて?」

先ほど亀之助が店の者を自身番に行かせていた。

「そうだ、客が狼藉《ろうぜき》を働いていると聞いてな」

「狼藉を働いていた客はそこにいますぜ」

長兵衛は土間に下りていた左団次たちを手で指した。

「旦那、そのことならもう済んだんです」

女将は又十郎に訴える。

「女将、正直に言うんだ。そうじゃないと、またたかりに来られるぞ」

長兵衛は強く言う。

「八丁堀《はっちょうぼり》の旦那」

左団次は又十郎に近づき、

「この長兵衛という男、やけに絡んでくる。なんとかしてくれませんか」

と、にやつきながら言った。

「左団次、いい加減なことを言うな」

長兵衛は呆れ返り、

「河下さま。この三人は女中に悪さをしようとしたんです。そればかりか、女将から金を巻き上げ、店の代金も払わず……」

「おいおい、ひと聞きの悪いことを言うものじゃねえ。女中は喜んでいたんだ。それをおめえたちが勘違いして騒ぎやがった。金も巻き上げたんじゃねえ、女将から差し出したんだ。代金も女将がいいと言ってくれたんだ」

「河下さま。女将は店で暴れられたら困るので、やむなくお金を渡したんです。これは明らかに無言の……」

「長兵衛」

又十郎が口をはさんだ。

「金を脅し取ったわけではないのだな」

「いや、脅したも同然ですぜ」

「しかし、直《じか》に口にしたわけではあるまい。女将、どうなんだ？」

「はい、自分から進んで差し上げました」

女将は俯《うつむ》き加減に答える。

「そうしないと何をされるかわからないからですよ」

長兵衛が口をはさむ。

「そうだという証《あかし》はあるか」

「えっ？」

「金を出さなかったら、ほんとうに店の中で暴れたか。おぬしが勝手にそう思っただけではないのか」

「河下さま……」

長兵衛は唖然《あぜん》とした。

又十郎は左団次に顔を向け、

「どうぞ、お引き取りを」

と、へつらうように言った。

「そうか。長兵衛の戸惑った顔をもっと見ていたいが、八丁堀の旦那がそう言うなら引き上げよう。女将、邪魔した」

左団次は長兵衛をねめつけ、

「長兵衛。また会おう」

不敵な笑みを湛えながら、堂々と土間を出ていった。坊主頭の周泡と暗い顔つきの男もあとに従う。

「河下さま。烏丸の左団次を知っているんですね」

「うむ」

又十郎は苦い顔をし、

「女将。何事もなかったのだな」

「はい」

「女将。また今の連中が来たら、どうするんですね。やはり金を握らせて帰ってもらうんですかえ」

「そうするしかないんですよ」

女将は口惜《くや》しそうに言う。

「なぜ、俺に任せなかった？」

「長兵衛親分があの連中を痛めつけたら、仕返しされます」

「俺は仕返しなど怖くない」

「うちにです。この店にですよ」

「どうしてそう思うのだ？」

「上野山下にある『河津家《かわづや》』さんも同じような目に遭ったと聞いたんです。『河津家』さんは少ししかお金を出さなかったそうです。そしたら、その翌日の夜、店を閉めたあとに五人のごろつきが上がり込んできて座敷を目茶苦茶に荒らしていったそうです」

「その連中は捕まったのか」

「いえ。捕まりません。さっき、私は筒井さまの態度が変わったのを見て、『河津家』さんに上がったのも烏丸の左団次だったことを思いだしたのです。だから、急いでお金を差し出すことに」

「奉行所は何をしているんですか」

「何もしてくれません」

女将はため息をもらした。

「河下さま、どうなっているんですかえ」

長兵衛は又十郎に迫った。

又十郎は渋面《しぶづら》を作っている。

「烏丸の左団次のことをご存じだったんですね」

「知っていた」

「御代官手付の筒井亀之助さまは相手が烏丸の左団次だと知ると、逃げだしました。どうなっているのですか」

「あとで、おぬしの店に行く」

又十郎は逃げるように店を出ていった。

長兵衛が金を払おうとすると、

「結構です」

と、女将は断った。

「なぜだ？」

「あのひとたちからお代をいただいていないのですから」

「あの連中といっしょにするな。取ってくれ」

長兵衛は筒井亀之助のぶんもいっしょに代金を払った。

「申し訳ありません。ありがとうございます」

女将は頭を下げた。

「もし、あの連中がまたやって来たら、花川戸まで知らせろ。いいな」

「はい」

長兵衛は女将に見送られて『鮎川』を出た。

長兵衛は池之端仲町から浅草花川戸に帰ってきた。町の中ほどに『幡随院』の屋根看板が見える。

初代長兵衛が大名・旗本屋敷に中間を周旋する口入れ屋『幡随院』をはじめたのが二十五歳のとき、今から約百七十年前の正保《しょうほう》年間だ。

『幡随院』は初代からずっと続いていたわけではなく、一時は廃れ、世間からも忘れられていた。それを五代目が口入れ屋『幡随院』を再興し、今に至っている。

今の長兵衛は九代目になる。初代長兵衛は町奴《まちやっこ》の頭目として旗本奴《やっこ》と対峙していたことでも有名だが、代々伝えられている初代の人相風体に今の長兵衛はそっくりだと言われている。

九代目は初代の生まれ変わりだという評判も初代との類似点が多いからだ。

二十六歳の長兵衛は、『幡随院』の跡目を八代目の父から継いで一年になる。

店に近づくと、丸に幡の字が書かれた半纏《はんてん》を着た手代《てだい》の吾平《ごへい》が長兵衛に気づき、「お帰りなさいまし」

と、畏《かしこ》まって挨拶をした。吾平は二十歳で、浅黒い顔をしている。上州の百姓の子だ。

土間に入ると、帳場格子の中にいた吉五郎《きちごろう》が顔を上げた。四十歳になる渋い顔をした男だ。『幡随院』の番頭で、長兵衛の右腕である。元は武家だそうだが、詳しい話は聞いたことはない。

「若旦那、どうでしたか」

筒井亀之助との話し合いが気がかりだったようだ。

「勝五郎を出せという話だ」

「やはり、大前田栄五郎だとわかっているんですね」

「そうらしい。だが、俺ははっきり言ってきた。勝五郎を差し出す気はないと」

長兵衛は板間に上がって、

「話がある。あとで居間に来てくれ」

と、吉五郎に言う。

「へい」

「お帰りなさい」

奥から、女房のお蝶《ちょう》が出てきた。三年前に所帯を持ったふたつ年上の姉《あね》さん女房だ。

お蝶の手を借り、羽織を脱いで黒の常着に着替えたあと、居間に行く。

長火鉢の前で、煙草《たばこ》入れから煙管《キセル》を取りだし刻みを詰め、火をつけた。

「やっと落ち着いた」

「勝五郎のことで難題を突き付けられたのね」

お蝶がきいた。

「いや、筒井さまは勝五郎を出せと言ってきたが、きっぱりと断った。じつは、とんでもない奴に出会った」

「とんでもない奴？」

「うむ」

長兵衛は不快そうに顔をしかめた。が、すぐに気がついた。

「お蝶なら知っているかもしれねえな」

「なんのことだえ？」

お蝶は世事に明るい。髪結いや湯屋から噂《うわさ》を聞いてくるだけでなく、近所のかみさん連中が常にお蝶のところに集まってくる。そこからもいろいろな話が入ってくるのだ。

「烏丸の左団次って聞いたことがあるか」

「役者かえ」

「違う」

お蝶も長兵衛と同じことを考えたようだ。

襖の外で、吉五郎の声がした。

「若旦那」

「入れ」

「失礼します」

「吉さん。何度言わせるんだい。うちのひとはとっくに跡目を継いだんだからね、親分だよ。親分とお呼びと言っているじゃないか」

「へえ、すみません。わかっていながら、つい」

吉五郎は頭を下げた。

「吉五郎は外では親分と呼んでいるよ」

「この世界は半分ははったりだからね」

お蝶は先代が気に入り、長兵衛の嫁に連れてきた女だった。

自分の嫁は自分で探すと反発していたが、お蝶に会うと、たちまち長兵衛は惹《ひ》かれた。

切れ長の目をした色っぽい容姿の女は他にざらにいる。だが、お蝶は思ったことをずけずけ正直に口にする女だった。

「あなたの男を上げるには私じゃないとだめね」と堂々と言うお蝶に、長兵衛は最初は反発したものの、次第にその度胸のよさに感心するとともに、厳しい言葉は的を射ており、その裏に真のやさしさがあることに気づいたのだ。

初代と同じ二十五歳で、長兵衛は『幡随院』の九代目当主になったが、これもお蝶が考えだしたことだ。九代目は初代の生まれ変わりだという印象を広めるためだ。まだ隠居なんてしねえと言っていた親父《おやじ》に引導を渡したのもお蝶だ。

「で、おまえさん。烏丸の左団次って何者なんだえ」

お蝶がきいた。

「烏丸の左団次ですって？」

吉五郎が聞きとがめる。

「知っているのか」

長兵衛は吉五郎の顔を見た。

「へえ、東仲町《ひがしなかちょう》の呉服屋『加賀屋《かがや》』の手代から聞いたんですが、先日、『加賀屋』は客に友禅の反物を騙《だま》し取られたそうです」

「騙し取られた？」

「旗本清川与兵衛《きよかわよへえ》さまの用人が奥方に頼まれたと言って、友禅の反物を選んだそうです。言われたとおりに、用人といっしょに代金を屋敷までとりに行ったら、用人はどこかに消えてしまった。清川さまの屋敷ではそのようなものを買いもとめてはいないと。用人も別人だったそうです」

「騙し取ったのが烏丸の左団次だったと？」

「へえ。あとで手代にきいたら、同心の旦那が烏丸の左団次だと言っていたそうです」

「そうか。あの連中はあちこちで悪さをしているのか」

長兵衛は顔をしかめ、

「じつはこういうわけだ」

と、料理屋『鮎川』での一件を語ってきかせた。

「烏丸の左団次に奥坊主の周泡という男。それにもうひとり、細身の陰気な男、この三人だ」

「とんでもねえ、連中だ」

吉五郎が吐き捨てた。

「それにしても、筒井さまや河下さまも及び腰だなんて。烏丸の左団次って何者なんでしょうね」

お蝶も憤慨している。

「烏丸検校の身内だそうだ」

「烏丸検校？」

お蝶が眉根を寄せた。

「いくら検校の身内だからといって傍若無人の振る舞いは許せるはずないでしょうに、どうして河下さまは……」

吉五郎も不思議そうに言う。

「そのことで、あとで河下さまが見えることになっている」

続けて長兵衛は、

「そうそう、坊主頭の周泡って男が突っかかってきたから投げ飛ばしてやった。仕返しにくるかもしれない。皆に用心するように話しておいてくれ」

「へい、わかりました」

吉五郎は応じてから、

「一味は三人だけですかえ」

「いや、もっと手下がいるようだ。『河津家』ではべつの五人組が押し入ってきた」

「そうですか」

「まあ烏丸の左団次については、河下さまから事情を聞いてみる」

「へい」

「それから、筒井さまの用件だが」

長兵衛は筒井亀之助が持ち掛けた話をし、

「上州から久々宇の丈八の手下が勝五郎を追って来ている可能性がある。勝五郎にも注意するように伝えるんだ」

「そうします」

そのとき、襖の外で女中の声がした。

「河下さまがお見えです」

「客間にお通しして」

お蝶が告げた。

「なんて言い訳なさるか、楽しみだ」

長兵衛は立ち上がった。


又十郎は厳しい表情で待っていた。

長兵衛は向かいに座って、

「さあ、お伺いしましょうか。なぜ、烏丸の左団次を野放しにしておくのか」

と、挨拶抜きに切りだした。

又十郎の鼻は先が尖《とが》って下に曲がっている。その鼻を指先でこすってから、

「烏丸の左団次は烏丸検校が若い頃に料理屋の女に産ませた子だ」

「左団次がなぜ、あんな好き勝手が出来るのか。いくら検校が偉いか知りませんが、わかりませんね」

「烏丸検校のことをどこまで知っている？」

「いえ、鍼灸の名人とだけ」

「烏丸検校は会津《あいづ》の下級武士の次男として生まれた。三歳のときに高熱を発し、生死の境を彷徨《さまよ》ったことがあった。病気は回復したものの目が見えなくなったそうだ。十五歳

検校はこのとき、江戸に出て米川《よねかわ》検校に弟子入りをし、鍼灸を学んだ」

「幼少期に失明した男児は、箏曲《そうきょく》、三弦、鍼灸、按摩などを生業にして行くが、烏丸丸検校は鍼灸を選んだ。

「烏丸検校は鍼灸の腕で、座頭から検校にまで昇りつめたのだ」

「検校ともなると、贅沢三昧《ぜいたくざんまい》な暮らしが出来るんですねえ」

「それまでも座頭金《ざとうがね》の貸し付けで暴利をむさぼっていたようだ」

盲人には生業以外にいろいろな収入がある。

武家・町家とも、冠婚葬祭などの吉凶があるたびに盲人に運上金を配る仕来りになっていた。惣録はひとをやとって町内を見廻り、常に吉凶のある家を探し、集金していた。そして、集まった金は月末に座の全員に配った。

盲人はこの金を高利で貸すことが出来たのである。幕府の盲人保護政策であり、強引な取り立てがあっても、奉行所としても盲人のほうの肩を持たねばならなかった。

「そんな検校の子がなんで騙り紛《まが》いで町の衆から金を巻き上げているんですね。金なんて唸《うな》るほどありましょうに」

「左団次は正式な子の扱いになっていないのだ。いじけているのだろう」

「いじける？」

「若い頃の過ちで出来た子だ。女親は妾《めかけ》でもないから、烏丸検校の子とは認められていないようだ。もし、認められていたら、今頃はどこかいいところに養子に行っているはずだ」

「同じ烏丸検校の子じゃありませんか」

「正妻はさる旗本家から来ている。左団次の母親は料理屋の女だ」

「左団次に同情するところはあるかもしれませんが、なぜ左団次を取り締まれないんですか。烏丸検校が怖いんですかえ。そんなに烏丸検校には力があるんですかえ」

長兵衛は烏丸検校を恐れる理由がわからなかった。

「烏丸検校は以前は夢《ゆめ》の市《いち》と名乗っていたそうだ。十年前、夢の市は大奥の御中﨟《おちゆうろう》が宿下がりで実家に帰っていたとき、持病の癪《しやく》で苦しんでいたのを鍼灸で治してやった。ここから、夢の市の運が開けた。その翌年、将軍家斉《いえなり》公が原因不明の腹痛に襲われたそうだ。家斉公は三十八歳。十五歳で将軍になり、その心労が積み重なったせいではないかと奥医師は考えたが、いっこうに治癒しない。そこで、御中﨟が夢の市の治療を勧めた」

「なるほど。夢の市のお蔭《かげ》で痛みがなくなったのですね」

「そうだ。それ以来、家斉公は体の不調時だけでなく、ときたま鍼灸を受けている」

「信頼が厚いと?」

「そうだ、検校になれたのも家斉公の口添えが大きい。今では老中方にも治療を施している」

又十郎は口元を歪め、

「そうなると、将軍や老中に取り入ろうとする大名や旗本、そして諸役人はこぞって烏丸検校詣でをするようになる。烏丸検校の浜町《はまちょう》の屋敷の土蔵は貢ぎ物でいっぱいだぞうだ」

「…………」

「わかるか。烏丸検校詣でをする連中は、何かの折りに将軍や老中に自分を推薦してもらいたいからだ」

「ええ、そうでしょうとも」

「だが、逆もある。もし、覚えを悪くしたら、どんな告げ口をされるかわからぬ」

「だから、烏丸の左団次には何も出来ないというわけですか」

「そうだ。北町の定町廻り同心が、芝神明町《しばしんめいちょう》の線香問屋の主人を女の件で脅した左団次を捕まえて大番屋に引っ張ったことがあった。だが、強請りの証はなく、すぐに解き放たれ、数日後、その同心は御徒目付《おかちめつけ》の監察を受けた。町の衆から金を脅し取ったという疑いだ」

「烏丸検校が手を打ったと？」

「そうだ。その定町廻り同心は奉行所をやめる羽目になった」

「ちょっと待ってください。その話がほんとうならとんでもないことではありませんか」

「そうだ。そんなことが現に起きている。そのことがあってから、我々に内々にお触れがまわった。烏丸の左団次には気をつけるようにと。その後も、芝や京橋界隈《かいわい》、日本橋、神田と奴らがやりたい放題。だが、我らは迂闊《うかつ》には手が出せないのだ」

「呆れましたぜ。いえ、奉行所にですよ」

長兵衛は憮然《ぶぜん》たる思いだ。

「いいですかえ。悪いことをした奴を捕まえて、どうして奉行所をやめさせられることになるんですか。おかしいじゃありませんか」

「長兵衛、よく考えろ」

又十郎は間を置くと、

「昼間、俺が左団次を捕まえたとして、そのまま罪に問えたか」

「問えますでしょう。あっしだって、見ていたんですから」

「左団次は金はもらったと言い張り、代金もいらないと言われたと訴えるであろう。それに対して女将は何と言っていた」

「………」

「女将は差し上げた。代金もいらないと。そう言っていただろう」

「女将はそう言わざるを得なかったんですぜ。上野山下にある『河津家』も同じような目に遭っていたんです」

「女将は取調べで、そのことを言うと思うか。『河津家』は連中に金を出さなかったために、座敷を目茶苦茶に荒らされた。同じ目に遭う恐れがあるのに、正直に話すと思うか」

「………」

「『河津家』の件にしても、座敷を荒らした連中が左団次の仲間かどうかわからんのだ」

「仲間に決まっているでしょう」

「証はない。奴らは狡賢《ずるがしこ》い。ちゃんと逃げ道を作ってやっているのだ。強引に捕まえたら、何らかの形で仕返しを食らう」

「じゃあ、これからもあの連中のやることに、黙って指をくわえて見ているだけなんですか」

「それは……」

「烏丸検校に直に訴えたらいいじゃありませんか」

「無駄だ。左団次が自分の非を認めると思うか。うまく、取り繕う。烏丸検校も左団次の言うことを信じる。一度、ある同心が左団次の悪行を検校に訴えたそうだ。倅を貶《おとし》めようとする不届き者と叱責を受け、その者は数日後にお役御免になった」

「お役御免に……」

「左団次に逆らえば、皆痛い目に遭う。いや、痛い目どころではない。お役を失う羽目になるのだ」

「あっしのような町の者ならお役御免は関係ない。あっしが左団次をこらしめましょう」

長兵衛は怒りを隠せない。

「『幡随院』がなくなってもいいのか」

又十郎は鋭く突いた。

「烏丸検校は老中をも動かすことが出来るのだ。不正をでっち上げ、強引に『幡随院』を潰しにかかる。奉行所はそれに対して何も出来ない。場合によっては、奉行所に対して『幡随院』を潰すように命じるかもしれない」

「河下さまはこれからも見て見ぬ振りですか」

「………」

又十郎は口を真一文字に閉じた。

「左団次の手下に、坊主頭の男がいますね。奥坊主の周泡だと名乗っていましたが？」

「父親は奥坊主だ。まだ、お城勤めをしているんじゃないか。だから、あの男の出番はない。やることがないから、左団次の子分になったのだろう」

奥坊主は殿中で給仕や掃除などをする。奥坊主の機嫌を損ねたらどんな告げ口をされるかわからないので、大名などは奥坊主に気をつかう。また、奥坊主は老中や若年寄のそばに近づけるので秘密の話を耳にすることもある。大名は内密の話を知りたいので、奥坊主を大事にした。

「周泡の父親はなかなかしたたかな奥坊主で、諸大名からかなり貢ぎ物を受け取っているようだ」

「親が親なら子も子というわけですか」

「うむ」

「もうひとり、暗い感じの男は何者なんです？」

「権太《ごんた》という博徒だ。周泡と権太がいつも左団次のそばにいる。他に左団次が声をかければ十人ぐらいのならず者が集まってくるようだ」

「『河津家』の座敷を荒らしたのはその連中ですか」

「そうだろう」

「いずれにしても、奴らをこのままのさばらせておくわけにはいきませんぜ」

「長兵衛」

又十郎はため息をつき、

「やめておけ」

「河下さま。定町廻り同心としての矜持《きょうじ》はないんですかえ。江戸の町衆の安心と平穏を守るのが八丁堀同心の使命じゃないんですかえ」

「俺だって悔しい」

「悔しかったら何か手を打ったらいかがですか。たとえば……」

長兵衛は言葉を切った。

「やめましょう。河下さまを責めても仕方ありません。御代官手付の筒井さまも逃げだしていきましたから」

「どんな手があると言うのだ？　あるはずない」

「ありますが、無理でしょう」

「なんだ、言ってみろ」

「奉行所が一丸となってかかるのです。全員が傷を負う覚悟で当たれば怖くないのではありませんか。烏丸の左団次を捕まえた同心が報復を受けたら、奉行所全体の問題としてとらえ……」

「無理だ」

又十郎は力なく笑う。

「そんな気骨のあるお方はいませんか」

「みな、自分が可愛《かわい》いのだ。長兵衛、おぬしとて身内が危うくなれば、考えも違うだろう。そういうもんだ」

又十郎は刀を摑んで立ち上がった。

「左団次の住まいはどこですね」

「木挽町《こびきちょう》に住んでいるようだ。詳しい場所はわからぬ」

長兵衛は店先まで又十郎を見送った。

「若旦那、いや、親分。どうでしたか」

吉五郎がきいた。

「烏丸の左団次に関わるなとさ。奉行所の与力や同心がいかに腑抜《ふぬ》けかよくわかった」

長兵衛はやりきれないように言う。

「親分、勝五郎が話があると」

「わかった。居間に来させろ」

「へい」

「親分、勝五郎を連れてきました」

吉五郎の声がした。

「入れ」

「へい」

襖が開いて、吉五郎は勝五郎を部屋に入れた。

「じゃあ、あっしは」

吉五郎が出ていこうとするのを、

「吉五郎、手がすいてりゃ一緒に」

と、長兵衛は引き止めた。

「へい」

勝五郎は長火鉢の近くに腰をおろした。二十四、五で、細面で目鼻だちも整っているが、向こう意気の強そうな目つきをしている。

「親分、御代官手付に呼ばれたそうで」

勝五郎が切りだした。

「ああ」

「あっしのことですね」

「そんなこと気にする必要はない」

「でも、あっしを差し出せってことではないんですか」

「大前田栄五郎なんて男はいないときっぱり断った」

「じつは、先日、待乳山《まっちやま》聖天《しょうでん》に参りに行った帰り、丈八の手下を見かけたんです。あっしがここにいることに気づいているに違いありません」

「それがどうした？」

「えっ？」

「気づいていようが関係ない。おまえは気にしなくていい」

「でも、このままじゃ、親分に迷惑がかかります」

「迷惑だと？」

「へえ、お暇《いとま》をいただこうと」

「ここがいやになったのか」

「とんでもねえ。あっしには居心地がいい。でも、御代官手付と丈八の手下が組んで、あっしを……」

「いいか、おめえはここに草鞋を脱いだ。もう『幡随院』一家の身内だ。おめえが人斬りをした理由を聞いて、俺はおめえという男を信じた。勝五郎として生き直してほしいんだ。世間が怖くておめえを逃がしたとあっちゃ、長兵衛の名が廃る。おめえはあくまでも勝五郎だ。逃げも隠れもいらねえ」

「勝五郎」

吉五郎が声をかけた。

「俺が言ったとおりだろう。親分はおめえを家族のひとりとみておられるんだ」

「親分のお気持ちはうれしゅうござんす。でも、親分や姐《あね》さん、吉五郎さんたちに迷惑をかけてしまうのが心苦しいんです」

「迷惑じゃねえ。ここを出ていかれて心配するほうが迷惑だ。わかったか」

「はい」

「いいか。誰が来ようと、おまえは勝五郎で通せばいい。ここに飽いて他の土地に行きたくなったのなら止めやしねえ。だが、そうじゃなければここにいるのだ」

「わかりました」

「それから、外出するときは必ず誰かといっしょに行くように。決してひとりで外に出てはだめだ。万が一、外で丈八の手下と出くわしても相手になるな。しらを切りとおせ。喧嘩もいけねえ。いいな」

「へい。肝に銘じておきます」

勝五郎は涙ぐみながら、下がっていった。

「吉五郎。勝五郎のこと、頼んだぜ」

「へい」

「河下の旦那から聞いたんだが、烏丸検校の権力の源は将軍さま家斉公だ」

長兵衛は又十郎から聞いた話をした。

「だから、奉行所は手が出せないのだ」

「触らぬ神に祟《たた》りなしですか」

「このままじゃ、この先、どれほどの町の者が迷惑を被るかわからねえ」

「やりましょう。町の者を守るためにも闘いましょう」

「うむ。場合によっちゃ、この『幡随院』が潰されるかもしれねえ。お蝶、覚悟はいいか」

「もちろんさ。それに、おまえさんの名を江戸中に広めるいい機会さ」

お蝶は少しも動じることなく笑った。

お蝶の度胸のよさに、長兵衛はいつも勇気づけられるのだった。

三

翌朝、店のことはお蝶と吉五郎に任せ、長兵衛は腰に長脇差を差し、吾平を供にして店を出た。すれ違う者はみな長兵衛に挨拶し、長兵衛も丁寧に会釈を返す。

雷門《かみなりもん》に近い東仲町の『加賀屋』にやって来た。間口の広い戸口を入ると、店座敷には早くも客が何人かいて、店の者が相手をしていた。

「これは長兵衛親分」

番頭が近づいてきた。

「いつぞや、友禅を騙し取られたそうだな」

長兵衛は店の隅できいた。

「はい。とんだ目に遭いました」

「詳しく話してくれねえか」

「はい。ひと月ほど前です。旗本清川与兵衛さまの用人だという侍が現れ、奥方に頼まれたと言い、友禅の反物を出させました。上ものを選び、供の者にもたせ、代金は屋敷までとりに来てくれと言います。それで、用人の侍といっしょに三味線堀《しゃみせんぼり》の近くにある清川さまのお屋敷に行きました。用人は門の前で私を待たせ、ひとりで屋敷に入っていきました。でも、それきり戻ってきません。不審に思って門を入り、内玄関から声をかけました。お女中が出てきたので、反物のお代をいただきに来ましたと言うと、何のことかとききき返されました」

番頭は息を継いで、

「わけを話すと、奥方は反物など買いもとめていないと言うのです。ご用人さまがやってきたというと、そんなはずはないと。それから、用人というお侍が出てまいりました。鬢《びん》に白いものが目立ち、額に皺《しわ》が多く刻まれたお侍でした。お店に現れたお侍とはまったくの別人でした」

「偽の用人の特徴は？」

「三十二、三歳で、眉も太く、目も大きい大柄な男でした」

烏丸の左団次か。

「偽の用人は庭を突き抜け、裏門から出ていったようです。店に帰ると、もう一反友禅がなくなっていることがわかりました。二反、奪われたのです。それで、私は主人と相談し、奉行所に届けたのです。でも、結局、一味はわからないままでした。その後、南町の河下さまから烏丸の左団次の一味かもしれないと聞かされました」

「そうか。とんだ災難だったな」

「親分、私は悔しくて。今でも思いだすと、胸を掻《か》きむしりたくなります」

「わかるぜ。きっと一味を見つけてみせる」

「お願いいたします」

番頭に見送られて、長兵衛は『加賀屋』を出た。

長兵衛と吾平は稲荷町《いなりちょう》を経て、上野山下にやって来た。

料理屋の『河津家』の土間に入った。まだ、掃除の最中だ。

女将らしい貫禄の女が出てきて、

「申し訳ありません。まだ、支度中です」

「客じゃねえ。俺は花川戸の長兵衛というもんだが、ちょっと教えてもらいたいことがあってな。女将さんかえ」

「はい」

上がり口まで出てきて、女将は膝をついた。

「いつぞや、こちらで災難があったそうだな」

「…………」

女将は押し黙った。

「どうなんだ？」

「なぜ、そのようなことを？」

女将は警戒するようにきく。

「心配するな。俺は仲間ではない」

長兵衛は言ってから、

「じつは、昨日、池之端仲町の『鮎川』に、烏丸の左団次という男が仲間とやってきて、金をせびっていった。同じ連中かと思ってな」

「…………」

「左団次というのは三十二、三歳、大柄で眉は太く、目が大きい。どうだ、その男か」

「……はい。似ています」

女将はようやく答えた。

「他にふたりだな」

「はい。坊主頭の男と長身の目つきの鋭い男です」

「烏丸の左団次の一味だ。何があったか話してくれ」

「半月前の夜です。その三人がやってきて、気前よく料理を頼み、酒をたらふく呑んでいました。その間、女中の体を触ったり、卑猥《ひわい》な言葉を投げかけたりして。だから、もうその女《こ》にその部屋に行かせないようにしたんです。そしたら、帳場までやって来て女を寄越せと喚《わめ》くので、うちは女中と遊ぶような店ではないから帰ってくださいと言ったのです」

女将はいまいましそうに、

「帰れというなら、それなりの挨拶をしろと。他にお客さまもいらっしゃいますので、一分《いちぶ》を包んで差し出したら、なんだこれはと大声を出しました。他のお客さまも何事かと出てらして……。仕方ないので、一両を出したのですが、まだ不満らしく、なんだかんだと言ってましたが、やっと引き上げました。でも、お代は払ってくれませんでした」

「とんでもない奴らだ」

「その次の日、いきなり五人のごろつきが上がり込んできて座敷を荒らして引き上げていきました。襖や障子は壊され、床の間の掛け軸は破られ、畳は匕首で切り裂かれ……」

女将は声を震わせた。

「自身番に知らせたのだな」

「はい。でも、泣き寝入りです。三人の男と座敷を荒らした五人のごろつきが関わりあるかどうかわからない、行方《ゆくえ》もわからないと同心の旦那は言ってました。関わりあるに決まっているじゃありませんか」

「そうだ。仲間だ」

長兵衛は言い切り、

「この仇《かたき》をきっと討ってやるぜ」

「花川戸と仰いましたが、ひょっとして、『幡随院』の長兵衛親分さんですか」

女将が気がついたように言う。

「そうだ。幡随院長兵衛だ」

「お見逸《みそ》れいたしました。長兵衛親分はもっとご年配の……」

「それは俺の親父だ」

長兵衛は『河津家』をあとにした。

それから池之端仲町に入り、料理屋『鮎川』の門をくぐった。ここもまだ暖簾《のれん》は出ていない。

土間を掃除していた女中に声をかけた。

「すまねえ。女将を呼んでくれ」

「はい」

女中は板敷きの間に上がり、帳場に向かった。

すぐに女将が出てくる。

「これは長兵衛親分」

「きのうは災難だったな。あの連中はまたやってくるかもしれねえ。現れたら、俺に知らせるんだ」

「はい」

「いいか、決して金など渡してはだめだ。いいな」

「わかりました」

「それだけだ。邪魔したな」

長兵衛はすぐ『鮎川』を出た。

それから御成《おなり》街道を通って、筋違《すじかい》御門を抜け、大通りを西に向かった。

京橋を渡ってから三十間堀に曲がり、紀伊国《きのくに》橋を渡って木挽町にやってきた。

木戸番屋に行き、番太郎に声をかける。

「すまねえ、教えてもらいたいんだが」

「へい」

「烏丸の左団次という男の住まいを知りたいのだ」

「左団次ですか」

番太郎は急に表情を歪めた。

「この先の一軒家です。こじゃれた格子造りですからすぐわかります」

「わかった。ありがとよ」

「お待ちを」

番太郎は呼び止めた。

「左団次に何か」

「ちょっと話があるだけだ」

「お気をつけなさいな。柄《がら》の悪い連中がいつも出入りをしていますから」

「そうか。わかった」

意に介さないように言い、長兵衛は木戸番屋を離れた。

番太郎が言うように、こじゃれた格子造りの一軒家が現れた。

「あっしが」

吾平が言い、格子戸に手をかけた。

「ごめんください」

戸を開けて、中に声をかける。

土間に続く四畳半ほどの部屋の上がり口に虎の絵が描かれた大きな屏風《びょうぶ》が置いてあり、その向こう側に数人の男がたむろしているのがわかった。

ひとりが屏風をまわって上がり框《がまち》まで出てきた。遊び人ふうの男だ。

「どちらさんで」

「幡随院長兵衛だ。烏丸の左団次どのにお会いしたい」

長兵衛は切りだした。

「お約束ですかえ。約束がなければ……」

「昨日、また会おうと約束した。取り次いでもらおう」

男は眉根を寄せたが、

「少々お待ちを」

と、引っ込んだ。

しばらくして、大柄な男が出てきた。烏丸の左団次だ。その後ろに奥坊主の周泡と暗い顔をした権太がいる。

「長兵衛か」

左団次が含み笑いをした。

「近くに来たので寄ってみました」

「何の用だ？」

「ですから、近くに来たのでご挨拶をと思ったまで」

長兵衛は辺りを見回し、

「なかなかいい家じゃありませんか。檜《ひのき》をふんだんに使った家ですね」

「ここは俺が生まれた家だ」

「えっ、左団次さんはここで生まれたのですか」

「そうだ」

「ではここに烏丸検校が？」

「俺のことを聞いてきたのか」

「ええ、いろいろと」

「なぜだ？」

「なぜって。それは左団次さんが好き勝手しても、奉行所は手出しできない。そのことに興味を持ちまして」

「変わったやろうだ」

左団次は口元を歪めた。

「上野山下にある料理屋『河津家』に押し入り、部屋の中をさんざん荒らした者はここにいるんですかえ」

「何の話だ」

「女将の包んだ金が少ないのが気に入らず、いやがらせをした件ですよ」

屏風の向こうで男たちが殺気だつのがわかった。

「なんだか、手応えがありましたね」

「おいおい、なんの話かわからねえぜ」

「『河津家』には行きましたね」

「ああ、行ったが、部屋を目茶苦茶にしたっていうのは知らねえな。誰かと間違えているようだ」

「呉服屋『加賀屋』から友禅を騙し取ったのは……」

「やい。黙って聞いてりゃいい気になりやがって」

坊主頭の周泡が眦《まなじり》をつり上げた。

「ずいぶんむきになっているが、図星を指されたからかえ」

「長兵衛、それは俺たちではない」

「『加賀屋』に乗りこんだ偽の用人は三十二、三歳で、眉も太く、目も大きい大柄な男だったそうです」

「似たような男はざらにいよう」

「やはり、しらを切りますか」

「知らないものを知らないと言ったまでだ」

左団次は仏頂面をきめこんでいる。

「おまえさん」

目鼻だちのはっきりした首の長い女が出てきた。妖艶な感じがする。元は芸者かもしれない。二十四、五歳か。

「せっかく来たんだから上がってもらったら」

「おかみさんですかえ」

長兵衛は声をかけた。

「ええ。ふじです」

「あっしは花川戸で口入れ屋をやっています幡随院長兵衛と申します」

「おまえさん、いい度胸だね」

おふじは冷笑を浮かべた。

「『加賀屋』が騙し取られた友禅はおかみさんによく似合いそうですぜ」

「…………」

おふじは口をつぐんだ。

「左団次さん。今度、おかみさんといっしょに花川戸の『幡随院』に遊びに来ませんか」

「いいわねえ。ぜひ、そうさせていただくわ」

おふじは含み笑いをした。

「長兵衛。おめえは俺の動きを押さえ込もうとしてやってきたようだな」

左団次は顔を歪める。

「押さえ込む？　どういうことですかえ」

「とぼけるな」

左団次は大声を張り上げ、

「そんなことで俺たちの動きがにぶるとでも思っているのか」

「そんなこと思っちゃいませんよ。芝や高輪《たかなわ》方面で強請りたかりをされたら、花川戸にいるあっしの耳には入らない。あっしから逃げて動き回られたら、あっしはお手上げですぜ。まあ、これからは浅草、下谷《したや》方面には来ないでしょうからね」

「きさまっ」

「左団次さん、ぜひ花川戸の『幡随院』に遊びに来てくださいよ。邪魔をしました」

長兵衛が踵《きびす》を返したとき、背後に殺気を覚えた。

「覚悟しやがれ」

坊主頭の周泡が匕首を逆手に、長兵衛の背中に突進してきた。長兵衛は身を翻して攻撃を避けると、空振りで前につんのめった周泡の体に足蹴《あしげ》をかけた。勢いよく、周泡は壁にぶつかった。

しゃがみ込んで呻《うめ》いている周泡に、

「だいじょうぶかえ」

と、長兵衛は声をかけた。

「長兵衛、俺が相手だ」

暗い顔つきの権太が匕首を構えて迫った。

「やめるのだ」

長身の侍が出てきた。薄墨地に黒い花びら文様がちりばめられた小袖を着流しにしている。黒い花びらとみえたのは髑髏《どくろ》だ。

「先生」

左団次が声をかけた。

「おまえたちの敵《かな》う相手ではない」

侍は長兵衛を見下ろして、

「おぬしが幡随院長兵衛か。噂に聞いていた。ここまで乗りこんでくるとはたいした度胸だ」

「恐れ入ります。お侍さまは？」

「俺は大江直次郎《おおえなおじろう》だ」

三十過ぎか。額が広く、眼光も鋭い。

「よけいなことに首を突っ込まないことだ」

「大江さまは、左団次さんとはどのような間柄ですかえ」

「用心棒だ」

「用心棒？」

「そうだ。左団次。長兵衛はおめえの動きを押さえ込むためにここに来たのではない。逆だ」

「逆？　大江さん、どういうことですかえ」

左団次は不審そうにきいた。

「長兵衛はおまえを挑発しにやってきたんだ。こっちがかっとなって長兵衛を痛めつけようと、浅草、下谷辺りで、また何か揉《も》め事を起こす。それを手ぐすね引いて待とうとしているのだ。どうだ？」

「………」

図星を指され、長兵衛はすぐに返事が出来なかった。

「なるほど。そういうわけだったのか」

左団次は冷笑を浮かべ、

「だったら、おまえさんの期待に添おうじゃねえか。長兵衛、おとなしく待っていな」

「今度こそ、おまえらを捕まえて奉行所に突き出してやる」

長兵衛は冷静に言う。

「奉行所は俺たちには手を出せねえ。なぜだかわかるか。捕まるような悪さをしていないからだ」

左団次は今度は声に出して笑った。

「また会うのを楽しみにしてますぜ。邪魔をした」

長兵衛は左団次の家を出た。

「なんだか無気味な侍でしたね」

吾平が首をすくめた。

長兵衛にとって大江直次郎の存在は予想外だった。あれは単なる用心棒などではない。左団次の背後に直次郎のような侍がいることに、長兵衛は言い知れぬ不安を覚えていた。

四

翌日の昼下がり、長兵衛は人形町《にんぎょうちょう》通りにある呑み屋『小染《こそめ》』にやってきた。店が開くのは夕方からで戸は閉まっている。

裏にまわって、庭に入る。障子が開け放たれていた。親父がふとんにうつ伏せになって按摩の揉み療治を受けている。

「長兵衛か」

親父の声がした。

「そうです」

「少し待っていろ」

「ええ」

長兵衛は縁側に腰を下ろした。

妾のお染《そめ》がやってきて、

「いらっしゃい。おあがんなさいな」

「いや、風が気持ちいいので」

「ちょうど、徳《とく》の市《いち》さんが通り掛かったので、呼んだのさ」

お染が言う。元芸者のお染は四十に近いが、まだまだ艶っぽい。

四半刻《しはんとき》（三十分）ほどで、揉み療治が終わった。

「ありがとうよ。うむ、すっきりしたぜ」

親父が起き上がった。五十歳だが、がっしりした体格で顔の色つやもよい。

「徳の市さん。すぐ帰るかえ。ちょっと話をしていかないかえ」

長兵衛は呼びかけた。

「へえ、よございます」

徳の市はまるで見えているように長兵衛に顔を向けた。

　お染が茶を運んできた。

「これはすみません」

　徳の市は湯呑みを摑んでにやりとした。味わうようにひと口含んでから、

「うまい茶で」

　と、続けざまに呑んだ。

　どうやら、酒のようだ。

「徳の市さんは烏丸検校を知っているかえ」

「直接は知りませんが、噂程度には」

「座頭の頃は、夢の市という名だったそうだが」

「そうです」

「評判はどうだった？」

「さあ」

「おまえさんから聞いたなんて言わない。だから、知っていることを話してくれないか」

「…………」

　徳の市は迷っているようだ。

「近頃、烏丸検校が若い頃に料理屋の女に産ませた左団次という男が、町でやりたい放題という話を知っているかえ」

「ええ」

「奉行所も手が出せないらしい」

「そのようですね」

「烏丸検校はどんな男だったか知らないか」

「偉くなることしか頭にないようだったと、……夢の市さんを知るひとから聞いたことがあります」

徳の市はようやく口にした。

「偉くなるとは検校になることか」

「はい。検校になるまでいくつもの位を昇っていかなければなりません。ふつうにやっていたら、検校になるまでに寿命がなくなってしまいます。そこでものを言うのはお金です。座頭金を貸して暴利をむさぼっていたのも検校になるためでしょう」

「暴利をむさぼっていた？」

「はい、それと貸し金の取り立ては凄《すさ》まじかったそうです」

親父が思いだしたように、

「俺も一度見たことがあるが、座頭の仲間を引き連れ、借り主の屋敷の前で、金返せの大合唱だ。あれを毎日やられたらたまらねえな」

「はい。もちろん、誰に対してでもそこまでやるわけではありません。金を借りているのにとぼけたり、あれこれ言って言い逃れようとしたり、そんなひとたちから金を取り返すためにはそこまでしなければなりませんが」

徳の市は湯呑みの残りを口にしてから、

「でも、夢の市さんは鍼灸の腕にかけてはかなりのものだったので、そこから運が開けたのだと、皆はうらやましがっていました」

「うむ、十年前、大奥の御中﨟が宿下がりで実家に帰っていたとき、持病の癪で苦しんでいたのを夢の市が鍼灸で治してやったそうだな」

「はい。そのようです」

徳の市の話は、河下又十郎の話とほぼいっしょだった。

「将軍さまから信任された検校ということで、各大名や旗本からの貢ぎ物で屋敷はあふれているそうだな」

「いや、貢ぎ物ではありません」

「貢ぎ物ではない？」

「もちろん、貢ぎ物もございましょうが、各大名や旗本方は烏丸検校に鍼灸をしてもらっているのです。その謝礼に莫大《ばくだい》なお金と品物を差し上げているようです」

「なるほど、鍼灸の施術か。鍼灸をしてもらいながら、頼みごとをしているのか」

「そうだと思います」

「烏丸検校の奥方は旗本の娘だそうだが」

「はい。大身の旗本だそうです。その旗本は出世したそうです。他にも旗本の娘を何人か妾にしています。妾の実家もいいお役目についているようです」

「左団次の母親のことは何か知っているか」

「深川の料理屋の女中だったとしか知りません。かなりいい女だったようですが……」

「いっしょに暮らしたのではないのか」

「いえ、ほとんど放りっぱなしだったようです」

「放りっぱなしか」

「夢の市さんが検校になったのは四十五歳のときです。それから旗本の娘を本妻に迎えたのです」

「本来なら、左団次は先妻の子ということになるのだろうに。で、烏丸検校が左団次を受け入れるようになったのはいつごろなんだ?」

長兵衛はきいた。

「左団次さんが二十歳のときに母親が流行り病《はやりやまい》で亡くなったといいます。母親が死んだことを知らせるか迷ったあげく、数年たってから左団次さんは烏丸検校に会いに行ったそうです。烏丸検校は左団次さんを不憫《ふびん》に思ったのか、自分の屋敷でいっしょに住もうと言ったたそうですが、本妻たちがこぞって反対したと。それで、暮らしの面倒をみていたそうです」

「なるほど。そういうことから左団次は気持ちが歪んでいったのかもしれぬな」

長兵衛は合点した。しかし、このあたりの事情は又十郎も十分に理解していないようだ。もっともそのことはさして重要ではない。問題は烏丸検校と左団次の関係だ。

「左団次は母親と自分を放っておいた烏丸検校を恨んでいないのか」

「恨んでいたようですが、今は打ち解けているのではないでしょうか」

「烏丸検校は左団次に対して負い目があるから、左団次には甘く、言いなりになっているのだろう。しかし、左団次が悪行を繰り返す心底には父親である烏丸検校を憎む気持ちがあるからではないか」

烏丸検校を後ろ盾にしての悪行の数々、それは烏丸検校に対する左団次の複雑な思いから来ているのかもしれない。

「それにしても、徳の市さん。烏丸検校についてずいぶん詳しいが？」

長兵衛はきいた。

「私の師匠の検校が烏丸検校と惣録の座を争っているんです。それで、烏丸検校のことを調べて……」

「徳の市さんの師匠はなんという検校ですかえ」

「早川《はやかわ》検校です」

徳の市は答え、

「そろそろ私は行かねばなりませんので」

と、帰るそぶりを見せる。

「長々と引き止めてすまなかった」

長兵衛は詫《わ》びた。

「長居をさせちまった。お染、徳の市に色をつけてな」

親父が声をかけた。

お染は揉み代を多く渡した。

徳の市は何度も頭を下げながら引き上げていった。

「長兵衛、烏丸の左団次って男が何かしたのか」

長兵衛は烏丸の左団次の悪行を語った。

「始末に悪いのは、奉行所も手が出せないことだ。河下の旦那の意気地がない姿を見せたかった。あれが江戸の町を守る定町廻りの姿とは……」

「まあ、いいじゃねえか。こいつは男を売るいい機会だ」

「やっぱりな」

ふっと、長兵衛は笑みをこぼした。

「なんだ？」

「お蝶も同じことを言っていた」

「そうか。さすが、お蝶だ」

親父は感心したように、

「お蝶は俺が睨《にら》んだ以上の女だ。この俺に面と向かって隠居を勧めやがったんだ。たいした女だ」

「すまねえ。親父はまだまだ八代目としてやっていけたものを……」

「いいってことよ。しかし。隠居を勧められたときにはびっくりしたぜ。その理由がおめえを初代長兵衛の生まれ変わりとして売り出すんだと言いやがった」

親父は眦を下げた。

「親父。万が一ってことも考えておいてくれ」

「万が一だと？」

「左団次はあることないこと烏丸検校に言いつけ、烏丸検校もそれを真に受けてか、単に左団次可愛さにか、老中あたりに何かを進言するだろう」

「『幡随院』を潰しにかかるというのだな」

「河下さまも、不正をでっち上げ、奉行所に『幡随院』を潰すように命じるかもしれないと、忠告してくれた」

「なんだ、長兵衛。臆したか」

「いや。万が一、そういうことになるかもしれないとだけ承知しておいてくれ」

「『幡随院』が潰されたらまた再興すればいい。長兵衛が捕縛されるような事態になったら、烏丸検校の屋敷に乗り込むのだ。そのときは、俺も久しぶりに長脇差を手にしよう。烏丸検校を道連れにする」

「親父、ありがとう。これで心おきなく、左団次と闘える。お蝶や吉五郎にもこのことを話したんだ。そしたら、ふたりとも俺についていくと言ってくれた」

「それでこそ、『幡随院』だ。『幡随院』は初代から町衆のために闘ってきた。筋を通した生き方をつらぬいてきたから九代も続いたのだ」

親父は勇み立った。

「『幡随院』の意気地を見せてやろうぜ」

「うむ。これから面白くなりそうだ」

親父はふと真顔になって、

「それにしても、烏丸の左団次とはそんなに手強《てごわ》い相手なのか。烏丸検校頼みの情けない男のように思えるが」

「烏丸の左団次はそれなりの気骨がある男のようだが、じつは左団次の背後に、大江直次郎という気になる浪人がいるんだ」

「大江直次郎……」

「三十歳ぐらいの剣の腕が立ち、才覚もありそうな男だ。じつは昨日、木挽町にある左団次の家まで押しかけた。相手に下谷、浅草辺りで暴れてもらいたくて、さんざん挑発をしてきたのさ。最後に大江直次郎が現れ、俺の狙いを看破しやがった。その上で挑発に乗ろうとよ」

「大江直次郎か。どんな人物か、調べたほうがいいな」

「そうするつもりだ」

長兵衛は応じてから、

「では、また来る」

と、腰を上げた。

「あら、もっとゆっくりしていきなさいな」

お染が引き止めた。

「そろそろ、稽古なんじゃないですか」

親父は元芸者だったお染から長唄を習っているのだ。

「きょうは稽古はない」

「そうですかえ。でも、きょうはこれで」

「そうか」

ふたりに挨拶して、長兵衛は引き上げた。

蔵前の通りから駒形町《こまがたちょう》を経て、吾妻橋《あづまばし》の袂《たもと》に差しかかったとき、旅装の男がふたり、花川戸のほうからやってきた。菅笠《すげがさ》をかぶり、着物を尻端折《しりはしょ》りし、手甲脚絆《てっこうきゃはん》に草鞋履き、腰には長脇差を差している。

ふたりは俯き加減に長兵衛の脇をすり抜けていった。

長兵衛は花川戸の『幡随院』に急いだ。

店先に立っていた吉五郎が、

「お帰りなさい」

「今、旅装の男ふたりと擦れ違ったが？」

「へえ、上州の丈八一家の定九郎《さだくろう》と文太《ぶんた》という男です。勝五郎に会いたいとやってきました」

「勝五郎と名指してきたのか」

「へい。大前田栄五郎と言われれば、いないととぼけられたのですが、仕方ないので出かけていると言って追いかえしました」

「また、やってくるな」

「へい」

「会わせるしかあるまい」

「会わせるんですかえ」

「あくまでも勝五郎としてだ。そのときは俺もいっしょに会う」

「わかりました」

長兵衛が奥に向かおうとすると、勝五郎が現れた。

「親分」

「勝五郎、俺に任せておけ」

「すみません」

「気にするな」

長兵衛はそう言い、居間に向かったが、ふいに御代官手付筒井亀之助の顔が脳裏を過《よぎ》った。丈八一家の定九郎と文太は筒井亀之助とつながっているのではないか。

烏丸の左団次だけでなく、丈八一家と組んだ御代官手付をも相手にしなければならないのだ。長兵衛は思わず気合を入れるように下腹に力を込めた。

第二章 はかりごと

一

翌日から『幡随院』の子分たち十人がふたり一組となり、下谷、浅草界隈を見廻りはじめた。長兵衛は烏丸の左団次を挑発した。

左団次はそれに乗ってくるはずだ。

ふつか後、長兵衛は吾平を連れて見廻りをし、昼過ぎに駒形町から田原町《たわらまち》に入った。大店《おおだな》の並ぶ通りを行き、反物問屋の『坂田屋《さかたや》』の前に差しかかったときだ。店先から手代が飛び出してきた。

「おまえさん、そんなにあわててどうなすった?」

長兵衛は声をかけた。

「あっ、長兵衛親分。今、お迎えに行くところでした。お店に例の者が」

と、手代は店を指差した。

「よし」

長兵衛は勇んで『坂田屋』の暖簾をくぐった。昨日のうちに何かあればすぐ知らせるように伝えてあった。

店座敷に、頭巾を被《かぶ》った武士がいた。烏丸の左団次ではない。お供の中間らしい男も見覚えはない。

そのそばに岡っ引きが立っていたが、押し黙っている。

やがて、岡っ引きは踵を返し、逃げるように店を出ようとする。

「喜助《きすけ》親分」

番頭が声をかけたが、顔を伏せるようにして、出ていった。

岡っ引きを見送って、長兵衛は店先に出てきた番頭に声をかけた。

「どうしたんだ？」

「はい。旗本大木《おおき》隼人《はやと》さまのご家来と仰るお侍さまが反物をお買い求めなのですが、金を屋敷にとりに来いと」

「で、なんと答えた？」

「反物は代金と引き替えにとお願いしました。ところが反物を先にお嬢さまにお見せしたいからと持っていこうとなさるのです。手口が『加賀屋』さんのときと同じなのです。で、密《ひそ》かに自身番に知らせると、喜助親分さんが来てくれたのです。でも、喜助親分の様子がおかしいので、長兵衛親分を呼びに行かせたのです」

「岡っ引きは何もできず、引き上げてしまったというわけか」

「はい」

烏丸の左団次の名を聞かされたのだろう。

「わかった」

長兵衛は店座敷に悠然と座っている侍に近づいた。膝の前には反物が置いてある。

「失礼ですが、大木隼人さまのご家来とか」

「なんだおまえは？」

「へえ、幡随院長兵衛と申します。ちょっといいですかえ」

そう言い、長兵衛は店座敷に上がり、侍の向かいに腰をおろした。

「大木隼人さまにお嬢さまがいらっしゃいましたか」

「なぜ、そのようなことをきく？」

「どうしてお嬢さまが自らいらっしゃらないのかと思いまして」

「つまらぬことをきくな」

「どうしてなんですね」

「お嬢さまは出歩くのがお嫌いなのだ。だから、わしが頼まれたのだ」

「しかし、好みがありましょうから」

「それはきいてきた」

「しかし」

「そうですか。わかりました。『坂田屋』の番頭に反物を持たせてお屋敷に伺わせましょう」

「しつこいぞ」

「無礼者」

いきなり、侍が怒鳴った。

「まるで、我らを疑っているようではないか」

すると、中間が近寄ってきて、

「このお方は烏丸の左団次さまだ。よけいな口出しをしないほうが身のためですぜ」

と、押し殺した声で囁いた。

「なに、烏丸の左団次だと？」

「そうですよ。さっきの岡っ引きもすごすごと引き返していった。おまえさんも逆らわないほうがいい」

「白状したな」

長兵衛は冷笑を浮かべた。

「なんだと」

「さっきは大木隼人さまのご家来だと言っていたが、じつは烏丸の左団次」

「そうだ。左団次さまには町方も手が出せねえ」

中間は不敵に笑った。

「妙だな」

「なに?」

「左団次はいつも奥坊主の周泡と暗い顔をした権太という男を連れている。おまえさんの名は?」

「………」

「どうやら、おまえたちは烏丸の左団次の騙りだな。便乗して、詐欺を働こうとしたのではないか」

「なんだと」

侍が刀を手に立ち上がった。

「許せぬ。外に出ろ」

「その前に反物を返してもらいましょう」

侍は反物を置いて、土間に下りた。

侍と中間は外に出ていく。

「偽者だ。反物に汚れがないか調べたほうがいい」

長兵衛は番頭に言う。

「わかりました。でも、あとで仕返しをされませんかね」

番頭が心配そうにきいた。

「単なる強請りたかりの連中だ」

長兵衛は外に出た。

人込みの中を逃げていく侍と中間の姿が見えた。

「吾平。あとをつけろ」

「へい」

吾平は着物の裾をつまみ、あとを追って走り出した。

長兵衛は店に戻り、番頭に言う。

「逃げていった」

「ほんとうに仕返しに来ないでしょうか」

「来ないと思うが、万が一来たら、花川戸の『幡随院』に知らせろ。自身番でもいい。烏丸の左団次の偽者だといえば、岡っ引きも逃げやしまい」

「わかりました。親分さんのところにお知らせいたします」

「怪しいと思ったらすぐに知らせるのだ」

そう言い残し、長兵衛は『坂田屋』を出た。

奉行所が烏丸の左団次に手出し出来ないことを耳にした連中が、左団次の真似をして詐欺を働こうとしているのか。だとしたら、そんな連中までのさばらせている奉行所の責任は重い。

長兵衛はいったん、花川戸の『幡随院』に戻った。

「お帰りなさいまし」

吉五郎が出迎えたが、長兵衛ひとりなので、

「吾平はどうかしたんで？」

と、眉根を寄せてきいた。

「田原町の『坂田屋』に、烏丸の左団次の偽者が現れた」

長兵衛は説明する。

「吾平はそのふたりのあとを追った」

「そうですかえ。便乗する輩《やから》も現れましたか」

「河下さまに強く言っておかねばならぬ」

長兵衛は保身を優先する奉行所を詰《なじ》りたい気分だった。

「きょう、普請方 改 役《ふしんかたあらためやく》の大坪仁一郎《おおつぼじんいちろう》さまが、護岸工事の請負の件でやって来ました。ほぼうちで決まるだろうから、そのつもりで準備に入ってもらいたいということです」

「わかった」

長兵衛は板間に上がり、居間に向かった。

居間の長火鉢の前で煙草を吸っていると、襖の外で声がした。

「親分、吾平です。今、戻りました」

「入れ」

吾平が襖を開けて入ってきた。

「ご苦労だった」

長兵衛は煙管の雁首《がんくび》を煙草盆の灰吹《はいふき》に叩いて吾平をねぎらった。

あれから一刻（二時間）経《た》っている。

「奴ら、亀戸天満宮の近くにある『柳下《やなぎした》』という呑み屋に入っていきました。どうやら、中間の役をしていた男のかみさんがやっている店のようです。名は源助《げんすけ》、侍のほうは客の浪人のようです。浪人の名はわかりませんでした」

「やはり、烏丸の左団次とは関係なさそうだな」

「ええ。左団次の噂を聞きつけて真似をしたんでしょうね」

「だが、きょうの手口は『加賀屋』でやったことと同じだ。『加賀屋』のいきさつを知っていたのか、それとも左団次たちは本所のほうでも同じ手口で詐欺を働いていたのだろうか」

「本所辺りで、同じような被害に遭った商家があるか調べてみましょうか」

「いや、いい。今度、河下の旦那にきいてみる」

「わかりました」

吾平が下がると、お蝶が口を開いた。

「おまえさん、その騙りだけど、どうしておまえさんに烏丸の左団次だと名乗ったのかしら。岡っ引きにはわかるけど」

「岡っ引きもすごすごと引き返していったのだから、おまえもよけいな口出しをしないほうが身のためだという脅しだろう」

長兵衛は顔をしかめ、

「烏丸の左団次の名を出せば、誰も逆らえないと思ったのかもしれない。また、同じような真似をする輩が出てくれば厄介だ」

「仏壇屋のおかみさんから聞いたのだけど、線香を納めている谷中《やなか》のお寺のお坊さんが女のことで間違いを起こして強請られていたんですって」

お蝶が思いだしたように言う。

「別のお寺のお坊さんも女のことで強請られて……」

「まさか?」

「ええ。どうやら、強請りの主は烏丸の左団次らしいの」

「それはいつのことだ?」

「半年ほど前」

「奴らはそんなことまでしていたのか」

長兵衛が呆れたように言いながら、今日まで左団次の罪を見過ごしてきた奉行所に改めて腹が立った。

「ただ、お坊さんへの同情は出来ないですけど」

「そうだろうな」

長兵衛は応じ、

「どうもいやな話ばかりだ」

と、顔をしかめた。

「悪い話ばかりじゃないわ」

お蝶が笑顔を見せた。

「護岸工事のことか」

「ええ、うちに決まりそうだそうね」

去年の九月に江戸に大雨が降り、大川や神田川など各地で河川が氾濫した。この付近でも千住《せんじゅ》から浅草、三ノ輪《みわ》まで水に浸かった。さらに、神田川の水がお濠《ほり》に激しく流れ込み、城壁や橋を崩してしまった。

その護岸工事とお城の修繕工事の請負をめぐって不正があったため、新たな業者の選定が行われた。その結果、『幡随院』が請け負う可能性が強まったのだ。

「今までにない大きな仕事だ」

「これをやり遂げれば、『幡随院』の名は江戸中に轟《とどろ》くわね」

お蝶はうれしそうに笑った。


翌朝、定町廻り同心の河下又十郎がやって来た。

客間で差向かいになる。

「あっしも河下さまにお話があったのでちょうどよござんした」

「昨日の『坂田屋』の件だな」

又十郎が渋面を作る。

「お聞き及びですか」

「岡っ引きから聞いた」

「そうですか。みすみす詐欺だとわかっていながら、烏丸の左団次の名を出されたとたん、ナメクジに塩ですからね」

長兵衛は皮肉を言う。

「我らとて悔しいんだ」

「だったらなんとかしたらいかがなんですか。奉行所として何か対策を練っておられるんですかえ」

「いや」

「呆れ返りますぜ」

長兵衛は大きくため息をついた。

「長兵衛、岡っ引きが引き上げたあと、どうなったのだ？」

「奴らの化けの皮をひん剝《む》いてやりました。河下さま。昨日の連中は偽者です」

「偽者？」

「烏丸の左団次じゃありません」

「どういうことだ？」

「左団次に便乗して詐欺を働こうとした輩ですよ。左団次の名を出せば、奉行所は手が出せないと、みな知っているんですよ。これからあちこちで偽の左団次が横行します」

「………」

「烏丸の左団次を捕まえられなくとも、便乗の輩を野放しにしちゃ、江戸の治安は滅茶滅茶ですぜ」

長兵衛は奉行所の怠慢を詰った。

「被害はなかったのだな」

「ええ、ありませんでした。でも、岡っ引きが逃げだしたんです。奴ら、またどこかで同じことを繰り返すかもしれません」

さらに長兵衛は、

「ただ、亀戸に住んでいる者が東仲町の『加賀屋』で起こったことをどうして知っていたのか。本所辺りでも左団次はやっているんじゃありませんか」

「いや、聞いていない」

「河下さまの耳に入っていないだけで、被害に遭った商家があるかもしれません」

「うむ。調べてみよう。で、ふたりはどんな顔立ちだった？」

「ひとりの名はわかっています」

「わかっている？」

「あとをつけました。中間に扮《ふん》していたのは源助という男で、亀戸天満宮の近くにある『柳下』という呑み屋の亭主のようです。侍のほうは客の浪人で名はわかりません」

「『柳下』の源助か」

又十郎は厳しい顔で、

「わかった」

と、腰を上げた。

「それから、河下さま。これまでに左団次の仕業と思える騒ぎを、全部教えていただけませんか」

「全部？」

「いえ、全部は無理でしょうけど」

「わかった。他の同心にもきいてみる」

又十郎は厳しい顔のまま引き上げていった。


夕方になって、『坂田屋』の番頭が『幡随院』の土間に駆け込んできた。

長兵衛は驚いて、

「どうしたんですね、そんな血相を変えて」

「やられました」

番頭が悲鳴のように言う。

「やられた？」

「昼前、大木隼人さまの屋敷のご用人とお嬢さまがいらして、昨日、なにやら我らの名を騙った者が反物を騙し取ろうとしたそうだがと、仰いました。出入りの商人に着物はどこで買い求めたらいいかときいたところ田原町の『坂田屋』だと言うので、出かけようとした矢先だったというのです。そのことを知った偽者が乗り込んできたのであろう。お嬢さまがそう話され、改めて所望したいと」

番頭は青ざめた顔で続ける。

「私どもはすっかり信じてしまいました。お嬢さまと中間が百二十両もの反物五反を持って先に引き上げ、残ったご用人が百両入っているからと袱紗《ふくさ》包みを差し出し、不足分の二十両は屋敷までとりに来てくれと言うのです。屋敷の場所を告げて、百両を置いてご用人は引き上げました。そこで袱紗包みを開いたら、石ころが紙に包んであったのです。あわてて追いかけましたが、もう姿はありませんでした」

「用人の特徴は？」

「大柄でした。三十過ぎで、眉が太く、目も大きく……」

「烏丸の左団次か」

長兵衛は唸ってから、

「なぜ、すぐに俺に知らせなかったんだ？　怪しいとは思わなかったのか」

「最初はおやっと思ったのですが、お嬢さまがごいっしょだったので……」

「その女の特徴は？」

「二十四、五歳でしょうか。華やかな美しい女でした。それでよけいに信用してしまったんです」

「自身番には？」

「届けました。喜助親分と同心の河下さまが来てくれましたが……」

番頭は言いよどんで、

「探索する、と言われましたが、あまり当てにはなりません。それで長兵衛親分に」

と、泣きそうな顔になった。

長兵衛は拳を握りしめた。

番頭が引き上げたあと、

「若旦那。どうしました？」

吉五郎が心配してきいた。

「昨日の連中は左団次の仲間だ」

「若旦那、いや、親分。源助を締め上げてみましょう」

「よし」

「あっしがお供します」

長兵衛は吉五郎と共に亀戸天満宮に向かった。


辺りはすでに薄暗くなっていた。

亀戸天満宮の近くにある『柳下』はすぐ見つかった。

長兵衛と吉五郎は暖簾をくぐった。小上がりには客が数人いた。

「いらっしゃいまし」

女将らしい女が現れた。

「源助を呼んでもらいたい」

吉五郎が低い声を出す。

「なんですね。おまえさんたちは？」

女将は顔色を変えた。

「花川戸の幡随院長兵衛だ」

「………」

「奥か」

吉五郎は強引に奥に行こうとした。

「待ってくださいな。今、呼んできますから」

女将が奥に向かう。

「あっしは念のために裏に」

吉五郎は店を出ていく。

しばらくして、女将が戻ってきた。

「今、出かけて留守です」

「ほんとうか」

「嘘《うそ》なんてつきませんよ」

「どこに出かけた？」

「知りません」

「店がこれから忙しくなるというのに出かけたのか」

「うちのひとはお店には関わっちゃいませんから」

「そうか」

そのとき、奥から吉五郎が男の腕をとって出てきた。

「親分。案の定、裏口から出ていこうとしてましたぜ」

男は俯いている。

「源助。また会ったな」

「どうしてここが？」

「昨日、おまえたちのあとをつけたのだ。ここでは話が出来ない。外に出るか」

「話なんてねえ」

「おまえになくてもこっちにはあるんだ」

吉五郎が腕を捻《ひね》った。

「痛え」

「ここじゃ迷惑になる。外に出るんだ」

「誰か自身番に知らせて」

女将が怒鳴った。

「女将、自身番に知らせて困るのは源助だ。いいのか」

「なに言ってやんでえ、俺がなにしたって言うんだ」

源助が喚く。

「おまえは烏丸の左団次の仲間だ。昨日はおまえたちが『坂田屋』で騒ぎを起こし、今日になって左団次が反物を騙し取った」

「俺は知らねえ」

源助は大声を張り上げた。

「ここで話をしていいんだな。お客さんにおまえの悪事が明かされても構わねえならここで話をつけよう。おまえは客の浪人といっしょに浅草田原町の……」

「いい加減なことを言わないでおくれ」

女将が叫ぶ。

「女将さん。ご亭主がなにをやったか聞いていないようだな」

吉五郎が言う。

「何をしたと言うのさ」

「きのうの昼間、田原町の『坂田屋』に……」

「待ってくれ」

源助が叫んだ。客がざわついている。

「外に」

源助が言う。

「素直に出ていればよかったんだ」

吉五郎が源助の体を押した。

亀戸天満宮境内の社殿の脇に立った。

「烏丸の左団次の仲間か」

長兵衛はきく。

「違う」

「じゃあ、勝手に左団次の名を騙ったのか」

「…………」

「どうなんだ？　どうして、旗本大木隼人の家来と中間になりすましたのだ。『加賀屋』で起きたことを真似たのか」

「…………」

「喋《しゃべ》りませんね」

吉五郎が舌打ちをした。

「仕方ない。源助を木挽町の左団次のところに連れていこう。さあ、源助、木挽町まで歩いてもらうぞ」

「待ってくれ。左団次の仲間から頼まれたんだ」

「何を頼まれた？」

「だから、旗本大木隼人の家来とその中間になりすまして『坂田屋』に乗り込み、反物を騙し取る真似をして、幡随院長兵衛が現れるまで粘れと」

「なにっ、俺が現れるまで待てだと」

「そうだ。長兵衛が現れたら逃げろ。それが左団次の頼みだ」

「見返りは？」

「十両くれた」

「ほんとうに、烏丸の左団次の仲間ではないのか」

「違う。俺は頼まれただけだ」

「左団次の仲間とは誰だ？」

「坊主頭の男だ」

奥坊主の周泡だ。

「坊主頭の男のことを前から知っていたのか」

「何度か呑みに来たことがある」

「大木隼人の家来になりすました浪人の名は？」

「戸田十郎太《とだじゆうろうた》です。口入れ屋で、用心棒の仕事を世話してもらっていると言っていた」

「左団次の仲間ではないのか」

「違いますぜ。いつもうちに呑みに来る客だ。坊主頭の男は戸田の旦那にも話を持ち掛けていたんだ」

「本所界隈で、烏丸の左団次が関わったと思われる詐欺はあったのか」

「ありましたぜ。亀沢町《かめざわちょう》の骨董屋《こっとうや》で値打もんの香を騙し取られたんです。奉行所に訴えたが何もしてくれなかった。烏丸の左団次の仕業らしいと噂になっていた」

「きょう、左団次が『坂田屋』に現れることを知っていたのか」

「知らねえ。ほんとうだ」

長兵衛は吉五郎と顔を見合わせた。

吉五郎が頷いた。吉五郎も源助が嘘をついていないと思ったようだ。

「わかった。あと、河下又十郎という同心がやってきたら、同じように説明してお目こぼしを願え。二度と左団次に手をかすようなことがあったら、そのときはお縄を覚悟するんだな」

「へい」

源助は逃げるように境内を出ていった。

「いいぜ」

「左団次は俺がしゃしゃり出てくることを読んでいたのか」

長兵衛は胸を掻きむしりたくなるほどの口惜しさに襲われた。

花川戸の『幡随院』に帰ると、夜になったというのにまだ大戸が開いていて、店先に吾平や勝五郎らが待っていた。

長兵衛と吉五郎の姿を見て、吾平と勝五郎が飛んできた。

「どうした、何かあったのか」

吉五郎がきいた。

「烏丸の左団次が来ています」

「なんだと」

長兵衛は急ぎ足で土間に入った。

お蝶が待っていた。

「烏丸の左団次と名乗る男が坊主頭の男と細身の男といっしょにやってきて、今客間に通しています」

「わかった」

長兵衛は板間に上がり、客間に急いだ。

吉五郎が追ってきた。

「ひとりでいい」

長兵衛は吉五郎を制し、襖を開けた。

烏丸の左団次が胡坐《あぐら》をかいて煙草を吸っていた。奥坊主の周泡と細身の権太は足を投げ出しだらしなく座っている。

長兵衛が入っていくと、いちおうふたりは居住まいを正したが、左団次は煙管を持ったままだ。

「待ちくたびれた」

左団次はにやついて、

「亀戸か」

そこまで読んでいたのか——長兵衛は愕然《がくぜん》としたが、顔には出さず、

「そうだ。源助から話を聞いてきた」

と、素直に答えた。

「坊主頭の男に『坂田屋』で一騒ぎを頼まれたと言っていた」

「そうか」

左団次は一口吸い、雁首を煙草盆の灰吹に叩いた。

「きょうは、ずいぶん見事に反物を盗んだものだ。女がいたそうだが、誰なんだ？」

「何の話だ？」

「おまえさんのかみさんだな。おふじという名だったたか。この前会ったときは妖艶な感じだったが、武家の娘になりすますのもうまいようだ」

「相変わらず思い込みが激しいな」

左団次は含み笑いを消さない。

「何の用だ？」

長兵衛は切り返した。

「幡随院長兵衛がどんな暮らしをしているのか見てみたくてな。こんなに大きくやっているとは思わなかったぜ。これだけ子分がいれば、喧嘩は怖くないな」

「ここにいるのは堅気の連中だ。喧嘩は御法度《ごはっと》だ」

「その割には親分はずいぶん威勢のいい啖呵《たんか》を切っていたじゃねえか」

坊主頭の周泡が口を出した。

「堅気の衆を守るためなら仕方ない。悪事を見逃すのも御法度だ」

「俺たちは悪事を働いていない。だから、奉行所には関わりがない」

「奉行所が腑抜けだからだ」

「いや、与力《よりき》、同心はよくやっている」

左団次は皮肉な物言いをした。

「同心がちゃんとしていれば、すぐにおまえたちは捕まっているはずだ。『坂田屋』から反物五反を騙し取ったのだからな」

「だから、思い込みが激しいと言っているじゃねえか。俺たちの偽者がやったことだ」

「昨日の『坂田屋』の件を源助は坊主頭の男から頼まれてやったと言っている」

「それも騙り野郎だ」

坊主頭の周泡がにやつきながら言う。

「長兵衛」

左団次が弾むような声で、

「ここに来たわけは、これだ」

と、細身の暗い顔の男に目配せをした。

男は風呂敷包みを長兵衛の前に差し出した。

「なんだ、これは？」

「見てみろ」

長兵衛は結び目を解き、風呂敷包みを広げた。

京友禅の反物が目に飛び込んできた。すべらかな絹地に華やかな紅葉《もみじ》の文様が描かれている。

「これは？」

「偽者が『坂田屋』から騙し取ったものだ。俺たちが奪い返した。長兵衛、おぬしの手で返してやるといい」

「なぜだ？」

「なぜ？　奪い返してやったのだ、礼を言っても罰は当たらないと思うがな。じゃあ、用は果たした」

　左団次たちは立ち上がった。

　三人が引き上げたあと、吾平に『坂田屋』の番頭を呼びにやった。

「見事なものですね」

　吉五郎が京友禅の反物に見とれた。

「でも、なぜですね。自分たちで騙し取ったのを、なぜわざわざ返しに？」

「俺の顔を潰すためだ」

「………」

「左団次たちはさぞ高笑いをしていることだろうよ」

　長兵衛は地団駄を踏む思いだった。

　四半刻（三十分）ほどして、『坂田屋』の番頭がやってきた。

「長兵衛親分、いったい何事で？」

　客間に入ってきて、番頭は訝《いぶか》しげにきいた。

「番頭さん、これを見てくれ」

　長兵衛は声をかける。

　番頭が近づき、反物を見た。

「あっ、これは」

「騙し取られたものに間違いないか」

番頭は反物を調べ、

「間違いありません」

と、叫ぶように言った。

「どうしてここに？」

「騙し取った者が返しにきた」

「そうですか。ありがとうございます。旦那さまも喜びましょう」

「吉五郎。すまないが『坂田屋』まで送ってやってくれないか。念のためだ、吾平も連れていけ」

まさか、途中で番頭を襲い、反物を奪い返すような真似はしないと思うが、長兵衛は用心した。

「畏まりました」

吉五郎は吾平とふたり、番頭を田原町まで送っていった。

長兵衛は居間に戻って、長火鉢の前に座った。

「おまえさん、烏丸の左団次は反物を返しに来たのかえ」

「そうだ。俺を翻弄したことを面白がって、反物を返しに来た。奴らの狙いは反物ではなく、最初から俺だったのだ」

強く握った拳が震えている。

「俺が左団次の家に乗り込んだことに我慢がならなかったのだろう」

「でも、どうして？」

お蝶が怪訝《けげん》そうに言う。

「奴らはどうしておまえさんが『坂田屋』の一件に乗り出すことがわかったのさ」

そうだ。まるで、こっちに敵の間者《かんじゃ》がいるように、俺の動きはすっかり見抜かれていた。そのとき、あっと叫んでいた。

あの男……。

「おまえさん、どうしたんだえ」

「大江直次郎だ」

「大江直次郎……」

「左団次の用心棒と言っていたが、あれは単なる用心棒ではない。年の頃は三十過ぎ、広い額と鋭い眼光。髑髏の文様がちりばめられた着流し姿で、無気味な感じの浪人だった」

長兵衛の脳裏に、直次郎の姿が焼き付いている。奴は軍師だ。烏丸の左団次の相談役だ。俺は直次郎に負けるのかもしれない。

二

翌日の昼前、河下又十郎がやって来た。

客間で、差向かいになった。

「今、『坂田屋』に寄ってみた。なんと、反物が返ってきたというではないか」

又十郎は戸惑いぎみにきいた。

「へい、そうです。烏丸の左団次が直々《じきじき》にここへやって来ました」

「どういうことだ？」

又十郎は事態を十分に呑み込めないようだった。

「奴らの狙いはあっしだったんです」

「長兵衛を？」

「じつは、あっしは木挽町の左団次の家に行き、左団次を挑発してきました。こちらの誘いに乗れば、下谷、浅草辺りでまた何かしでかすかもしれない。そうすれば、悪事の証拠を摑むことが出来るかと。思ったとおり、左団次は色をなしてきました」

長兵衛はそのときの話をした。

「うまくいったと思ったとき、大江直次郎という侍が出てきたんです。大江直次郎は左団次にこう言いました。長兵衛はおめえの動きを抑え込むためにここに来たのではない。挑発しにやって来たんだ。かっとなって長兵衛を痛めつけようと、浅草、下谷方面で、また何か揉め事を起こす。それを手ぐすね引いて待とうとしているのだと」

長兵衛は息を継ぎ、

「大江直次郎はあっしの動きをものの見事に読み切っていたんです。亀戸天満宮の近くにある呑み屋の亭主源助と客の浪人をそそのかし、『坂田屋』に行かせた。浅草、下谷界隈の大店に注意を呼び掛け、特に浅草の大店には何かあったらすぐにあっしに知らせるようにと伝えてありました。そこで、源助たちに騒ぎを起こさせ、あっしを『坂田屋』に呼び寄せる。そして、次の日に烏丸の左団次らが『坂田屋』に現れ、前日のことをうまく言いつくろって番頭を騙して……。でも、左団次は反物が欲しかったわけではなく、あっしを翻弄するのが目的だったから、わざわざ反物を返しに来たのです。残念ながら、あっしは左団次に、いえ直次郎にいいようにやられてしまいました」

「長兵衛がな」

又十郎は吐息を漏らす。

「左団次の陰に、直次郎がいるということは容易ならないことです。左団次だけなら、烏丸検校の威を借る小悪党の悪行で、いつかぼろが出ると思われましたが、背後に直次郎がいるからには巧みなやり方で犯行を続けるでしょう」

「うむ」

「河下さま。いつまでも左団次を見逃していては、いつかもっと大きな事態を引き起こすかもしれません。今は、左団次らもひとに危害を加えてはいません。でも、今後はわかりません。何かの拍子でひとを殺《あや》めるかも……」

「いや、奴らはそこまでしない。奉行所があえて見て見ぬ振りをしているのはひとを殺していないからだ。奴らはそのことをよく知っている」

「それでもいつ、ひとが犠牲になるかしれません」

長兵衛は身を乗り出し、

「河下さま。誰かが左団次を抑えなければならないのです」

「長兵衛、今度のことはおぬしへの警告だ」

又十郎が厳しい顔を見せる。

「ええ。でも、あっしは負けませんぜ」

「左団次のやることを邪魔したら、今度はさらに大きな打撃を与えようとしてくるはずだ。おぬしは烏丸検校の力がどの程度のものかわかっていない。烏丸検校には大名さえ手が出せないのだ」

「面白いではありませんか。最後は烏丸検校と刺し違えますすよ」

「……………」

「河下さま。左団次と真っ向から闘う気がないのなら、せめて左団次、奥坊主の周泡、権太、そして大江直次郎がどういう素姓なのか調べてもらえませんか。特に知りたいのが大江直次郎のことです」

「…………」

又十郎は腕を組んだ。

「調べるにしても、周辺から聞き込んでいかねばならない。そうしたら、本人に気づかれてしまいかねん」

「やはり、報復が怖いのですね」

「…………」

「わかりました。もう、結構です」

「待て」

又十郎はあわてたように、

「上役の与力どのに相談してみる。素姓を調べることは出来るかもしれない」

だが、どこまで出来るか、見込みは薄そうだった。

「それから、左団次が起こした騒ぎだが、左団次が暗躍しだしたのは半年ほど前からだ。そのときは、谷中の寺の坊主が何人か強請られた」

「坊主ですか」

お蝶が話していたことを思いだす。

「女犯《にょぼん》だ。女郎屋に揚がった者や、檀家《だんか》の内儀と出来た坊主が何者かに強請られた。密かに同心に相談し、いずれも、強請りの主が左団次らしいことがわかったが、そこまでだったそうだ」

「………」

「おそらく、実際に強請られた坊主はもっといるだろう。それから、美人局《つつもたせ》の被害に遭った者もかなりいた」

「美人局ですって」

「そうだ、妖艶な年増《としま》に声をかけられ、鼻の下を伸ばしてのこのこついていったら、亭主と名乗る男が現れるって寸法だ。この被害に遭ったのが何人かいる。皆、大店の主人だ。これも調べて、左団次の仕業ということがわかった。だが、やはり、奉行所は手を出せなかった」

又十郎は続ける。

「偽物の香炉や茶器、掛け軸などを高値で売りつけられたという武家屋敷もあった。やはり、左団次らしいとわかっても手出しが出来なかった」

「呆れ返りますぜ」

長兵衛は思わず口にした。

「武家の中には左団次の仕業だと騒いだ旗本もあった。その後、その旗本はお役御免になった」

「…………」

「左団次の報復だ」

「誰もなんにも出来ないんですね」

「うむ」

「ただ、ひとに危害を加えたりはしていないんですね」

長兵衛は確かめた。

「そうだ。だから、これからもそこまでのことはすまい」

「そうでしょうかね」

長兵衛は首を傾げた。

「左団次の家に行ったら、子分みたいな男が何人かいましたぜ。悪い奴らが左団次のところに集まってくるんですよ。これからは、子分連中も同じことをやりはじめますぜ。そのうち、悪事もどんどん大がかりなものになっていくかもしれません。手に負えなくなる前になんとかしないと……」

「うむ」

又十郎も難しい顔をした。

「でも、不思議ですね」

「なにがだ？」

「左団次はこれまでだいぶ金を稼いだでしょうね。一件の実入りはたいしたことはなくとも、数多いとかなりの額になりましょう」

「うむ」

「いったい何に金を使っているんでしょうか。派手に遊ぶといったって、そこらの料理屋にさえいちゃもんをつけて金を払わないんですから」

「わからぬ。奴らの考えることはわからぬ」

又十郎は匙《さじ》を投げたように言う。

「だいぶ金を手に入れたはずなのに、なぜ、まだ悪事を繰り返すのか」

「おぬしは左団次とさしで話が出来るのだ。直に会ってきいてみたらどうだ」

半ば冗談紛れに、又十郎が言う。

「なるほど。それも手ですね」

「おいおい、本気で言ったわけではない。それに、左団次がほんとうのことを言うはずがない。会っても無駄だ」

「いえ。話している中で、本音が漏れるかもしれません」

長兵衛は真顔になった。

「そうかもしれんが……。長兵衛、わしは引き上げるぞ」

又十郎は立ち上がった。

又十郎を見送ったあと、長兵衛は吉五郎に声をかけた。

「吉五郎。付き合ってもらいたいんだ。仕事に支障はないか」

「へえ、あとを姐さんにお任せ出来れば」

「わかった。じゃあ、行くぜ。左団次のところだ」

長兵衛は居間に行き、お蝶に店番を頼んだ。


一刻（二時間）後、長兵衛と吉五郎は木挽町の左団次の家の客間にいた。

茶も出ないまま四半刻ほど待たされた。

「わざと待たせているようですね」

吉五郎は言い、

「呼びに行きますか」

吉五郎が腰を上げかけたとき、障子の外にひとの気配がした。

ようやく、障子が開いて左団次が顔を出した。いつものように周泡と権太を引き連れて、長兵衛と吉五郎の前に座った。

「何か用か。『坂田屋』の件が悔しくて眠れず、俺に恨み言を浴びせねえと気がすまないか」

「『坂田屋』の件では確かに臍《ほぞ》をかむ思いをした。最初から俺に狙いを定めてやったんだ。見事な手腕に恐れ入った」

「素直に己の敗北を認めるか」

「悔しいが認める。だが」

長兵衛は不敵に笑い、

「勝負はまだ終わったわけではない。烏丸の左団次がお縄になるときが闘いの最後だ」

「負け惜しみか」

左団次はほくそ笑んだ。

「きょう来たのは、きのう、聞きそびれたことがあったからだ」

長兵衛が話を切り出す。

「なんだ？」

「左団次どのは烏丸検校の子と聞いているが、ほんとうなのか」

「そんなことを確かめにきたのか」

左団次は苦笑した。

「奉行所の連中は皆知っているぜ」

脇から坊主頭の周泡が言った。

「あっしが知りたいのはほんとうかどうかってことだ」

「嘘だというのか」

周泡が気色《けしき》ばんだ。

「あっちこっちで他人の名を騙っているようじゃありませんか。だったら、検校の子というのも怪しいと思うのが自然でしょうよ」

吉五郎が落ち着いた声で言う。

「てめえ」

周泡が凄《すご》んだ。

「すぐ怒るところなど、ますます怪しい」

吉五郎は首を横に振る。

「許せねえ」

片膝を立てた周泡を、

「やめるんだ」

左団次が手を上げて制した。

「長兵衛。おまえは烏丸検校についてどの程度知っているんだ?」

「烏丸検校は会津の下級武士の次男として生まれ、三歳のときに病気が元で目が見えなくなった。十五歳のとき、江戸に出て米川検校に弟子入りをして鍼灸を学んだ」

長兵衛は続ける。

「その頃は夢の市と名乗っていた。十年前、大奥の御中﨟が宿下がりで実家に帰っていたとき、持病の癪《しゃく》で苦しんでいたのを夢の市が鍼灸で治してやった。その翌年、将軍家斉公の原因不明の腹痛を夢の市が治療した。それ以来、家斉公から全幅の信頼を寄せられて、検校に昇りつめた」

「そうだ。夢の市がまだ二十歳の座頭だったときに、料理屋の女といい仲になった。そのとき、生まれたのが俺だ」

「烏丸検校はその女《ひと》をどうしたんですね」

長兵衛はきいた。

「………」

「いっしょに暮らしたんですかえ」

「いや」

左団次は首を横に振り、

「親父と再会したのは、検校になってからだ」

と、口元を歪めた。

「俺が二十歳のとき、お袋が死んだ。そのことを烏丸検校に知らせるために何年かたってから会いに行ったんだ。冷たく追い返されると思ったが、受け入れてくれた。不憫な思いをさせたという負い目があるのだろう、俺の言うことはなんでも聞いてくれる」

「そんなにしてもらっているのに、なぜ、烏丸検校の評判を貶めるような真似をしているんですね」

「貶めてはいない」

「利用している」

「ききたいことはそれだけか」

左団次は話を打ち切ろうとする。

「これからだ」

長兵衛は睨みつけた。

「おまえたちは半年前から女犯の坊主を脅して金をとり、美人局で大店から金を奪い取っている。これまで、数えきれないくらいの悪事を働いてきて、かなり金を稼いだはずだ。にも拘《かかわ》らず、近頃では詐欺までやっている。そんなにたくさんの金を手にしてどうするつもりなのだ?」

「金はいくらあっても邪魔にはならぬ」

「今みたいな暮らしをいつまで続けるつもりだ?」

「さあ」

左団次は首を傾げる。

「もうひとつ、ききたい」

長兵衛は膝を少し進め、

「坊主たちへの強請りは半年前から。それ以前はどんなことをやっていたんだ？」

「別に」

「別に？　やはり強請りか詐欺か」

長兵衛は食い下がる。

「そんなことに答える必要はない。さあ、帰ってもらおうか」

「最後にひとつ」

「もうひとつ、最後にひとつと、きりがない」

「大江直次郎という侍のことだ」

「大江さんの？」

「いつからいっしょですかえ」

「いつでもいい」

「大江さんの素姓はわかっているんですか」

「そんなもの関係ない」

「元はどこのご家中か。それとも直参か」

「長兵衛。そんなことに意味はない。肝心なのは今だ」

「大江さんにお会いしたい。取り次いでもらいたい」

「朝、出かけた。まだ、帰っていない」

「戻りはいつごろで？」

「わからねえ。じゃあ、ここまでだ。帰ってもらおうか」

「奥坊主の周泡。おまえさんのことも知りたい」

「俺のこと？」

「そうだ。なんで、奥坊主の倅が左団次どのの仲間に？」

「おめえに話す必要はねえ」

「こっちの権太さんはどうして？」

長兵衛は権太を見た。二十七、八歳だ。

「話すことはない」

権太は小さな声で言う。

「おまえさんも親とは複雑な関係にあるのか」

「俺に親はいねえ。生まれつきな」

権太は沈んでいくような暗い表情で呟《つぶや》くように言った。

「孤児《みなしご》か」

「さあ、もういいだろう」

左団次が腰を上げた。

「大江直次郎さんに一度お会いしたいと伝えておいてくれ」

長兵衛も立ち上がって言う。

土間に下りると、柄の悪い連中が殺気だった目で長兵衛と吉五郎を見つめていた。

「邪魔をした」

長兵衛と吉五郎は左団次の家を出た。

「せっかく吉五郎に来てもらったのに、大江直次郎がいなくて無駄足だった」

「いや、左団次の仲間の空気を肌で感じることが出来ました」

長兵衛と吉五郎は花川戸に急いだ。

『幡随院』に帰ると、迎えに出たお蝶が、御代官手付の筒井亀之助の使いの者が来たことを告げた。

またぞろ、厄介なことになった。思わず長兵衛は眉根を寄せた。

「吉五郎、頼みがある」

「なんでしょう」

長兵衛の話をきくと、吉五郎は目を剝いて呆れ返った。が、すぐに頷いた。

「では、さっそく」

「頼んだ」

一か八か。やってみるしかない。

三

翌日の昼前、長兵衛は池之端仲町にある料理屋『鮎川』の二階座敷に案内され、筒井亀之助と差向かいになった。

「筒井さま。お話とは？」

長兵衛はとぼけてきいた。

「言うまでもない。大前田栄五郎のことだ」

亀之助は吐き捨てるように言う。

「その件なら、話は済んでいるはずでは」

「話が途中だった。邪魔が入ったからな」

「しかし、筒井さまは先に引き上げられました。あっしはてっきり話し合いがついたものと思っておりましたが」

烏丸の左団次から逃げだしたことを皮肉った。

「話は途中だっ」

亀之助は憤然と言う。

「そうでしたか」

「改めて言う。大前田栄五郎を出せ」

「そのような者は知りません」

「勝五郎のことだ」

「勝五郎は大前田栄五郎ではありません」

「あくまでもとぼけるつもりか」

「とぼけるも何も、勝五郎は『幡随院』の身内です」

「そうか」

亀之助は手をポンポンと叩いた。

襖が開いて、女中が顔を出した。

「呼んでくれ」

「はい」

女中が引っ込んだ。

しばらくして、ふたりの男が敷居の前で畏まり、

「失礼いたします」

と、部屋に入ってきた。

「長兵衛、引き合わせよう」

亀之助が言い、

「上州の丈八一家の定九郎と文太だ」

「定九郎でございます。どうぞお見知りおきを」

固太りの男で顔も大きく鼻も横に広い。三十半ばか。

「あっしは文太と申します」

痩身の男で、顔も細い。顎も先が尖っている。

「親分丈八の仇を討つために江戸に来たのだ」

亀之助は続ける。

「先日、花川戸の『幡随院』に行ったそうだ。勝五郎を訪ねたがいないと言われた。ふたりは外で勝五郎が大前田栄五郎だと確かめたそうだ」

「それは何かの間違いと存じますが」

「間違いかどうかは、ふたりに勝五郎を引き合わせればたちどころにわかる。これから、『幡随院』までいっしょに行き、確かめよう」

「お待ちを」

長兵衛は落ち着いた声で、

「勝五郎を出せと仰られても、それは出来かねます」

「よいか、長兵衛。栄五郎は手配書がまわっているんだ」

亀之助が言うと、定九郎があとを引き取った。

「長兵衛さん。今、丈八一家は代貸《だいが》しが跡目を継いでますが、栄五郎を殺らない限り、他の親分衆に正式に認められないんですよ。だから、何がなんでも栄五郎を殺《や》りますぜ。近々、上州から応援も来る。もちろん、『幡随院』に踏み込んで栄五郎を見つけ出す」

「無法者には相手をしますぜ」

「長兵衛。江戸の町で決闘騒ぎなど起こさせぬ。栄五郎を差し出せばなんの問題もないのだ。だが、どうしても出さぬならわしも腹を決めねばならぬ」

「筒井さま。何度も申し上げますが、あっしは勝五郎を守ります」

「わかった。定九郎、おぬしたちは『幡随院』に押しかけるな。我らが奉行所に栄五郎の捕縛を要請する」

「わかりやした。その代わり、捕縛の際にはあっしらも同道させていただけますかえ」

「いいだろう」

亀之助は応じると長兵衛を見て、

「聞いてのとおりだ。これから手配する」

「仕方ありません。では」

長兵衛は頭を下げて立ち上がろうとした。

「待て」

亀之助が呼び止めた。

「定九郎と文太。他の仲間と花川戸に行き、『幡随院』を見張れ。栄五郎が逃げだしたら捕まえるんだ」

「わかりました。もし、歯向かってきたら殺してもかまいませんね」

「栄五郎だけなら止《や》むを得ぬ。『幡随院』の子分には手出しをするな。子分を殺ったら長兵衛が仕返しに出るだろうからな」

「わかりやした」

「では」

定九郎と文太が部屋を飛び出していった。

「長兵衛。定九郎たちが花川戸を包囲するまで待つのだ。栄五郎を逃がさないためにも、しばらくここにいてもらう」

「奉行所には話を通してあるのですかえ」

「通してある」

「河下さまに？」

「いや、当番方の同心が出張《でば》るだろう」

「御代官手付が博徒と手を組んで筋が通るんですかえ」

「殺された丈八は八州取締役の道案内を務めた男だ。我らがしゃかりきになっても不自然ではあるまい」

「二足の草鞋を履いた男じゃありませんか」

長兵衛は鋭い目を向け、

「ひょっとして、跡目を継いだ代貸しからいくらか受け取っておられるんじゃないでしょうね」

「ば、ばかな」

亀之助はあわてた。

「無礼なことを言うな。手配書が出ているのだ」

それから四半刻ほど経って、

「もういいだろう。長兵衛、これから奉行所に使いをやる。夕方には捕物出役《とりものしゆつやく》の同心たちが花川戸に着くだろう。俺も出向く。捕物出役を迎える支度をしておくことだ」

亀之助は立ち上がった。

その四半刻後、長兵衛は花川戸に帰ってきた。定九郎たちが、『幡随院』の表と裏手を見張っていた。

「お帰りなさい」

土間に入っていくと、吉五郎が出迎えた。

「これから奉行所の者が勝五郎を捕らえにやってくるそうだ」

「そうですか。家捜《やさが》しされるでしょうね」

「うむ。面白くないな」

長兵衛は顔をしかめた。大勢の男たちが居候している別棟には賭場《とば》もある。そこを見られたくはなかった。

お蝶にも事情を話した。

「家捜しはさせませんよ」

お蝶は言った。

奉行所の者がやってきたのは夕七つ（午後四時）をまわってからだった。

鎖帷子《くさりかたびら》・鎖鉢巻・籠手《こて》、臑当《すねあて》などで身を固め、十手を持った同心が三人、検使の与力がひとり、あとは捕り方の小者がついてきた。

筒井亀之助が店先に立つ。長兵衛は覚悟を決めて出ていった。

「先ほどは失礼いたしました」

長兵衛は頭を下げた。

「栄五郎を出してもらおう」

「じつは勝五郎は出ていってしまいました」

「出ていっただと？」

亀之助は鼻で笑い、

「見え透いた嘘を言いよって」

「嘘じゃありません。前々から口にしていたんです。『幡随院』よりいいところがあるのだと」

「……………」

「まさか、本気で出ていくとは思っていなかったので、あっしも驚いているのです」

「お上《かみ》を愚弄するのか」

与力が口を出した。

「とんでもない。なんなら、これからそこにご案内いたします」

「その前に、屋敷内を捜させてもらおう」

与力が言う。

「よございますが、家捜ししていなかったら、どうなさるおつもりで?」

「どうもこうもない。我らは役目でやっているのだ」

「しかし、私ははっきり勝五郎はいない。今いる場所に案内すると申し上げました。それを無視して家捜しをなさるなら勝五郎の居場所は言いませんぜ」

「なんだと」

「それに、勝五郎を大前田栄五郎と決め付けての家捜しです。あっしも『幡随院』の九代目長兵衛だ。虚仮《こけ》にされて、このまま黙って引き下がれませんぜ」

長兵衛は啖呵を切った。

「うぬ」

亀之助は唸り、与力や同心たちと額を突き合わせている。

「よし。長兵衛。それほど言うなら、そなたの言《げん》を信じよう。これから勝五郎の居場所に案内せよ」

「よろしいでしょう」

長兵衛の先導で、一行は蔵前の通りを足早に木挽町へ向かった。

半刻（一時間）余り後、一行は格子造りの洒落《しゃれ》た家の前に着いた。

「ここは？」

亀之助が不審そうにきいた。

「烏丸の左団次の家です」

「なに、左団次……」

亀之助も与力も顔色を変えた。

「ええ。左団次のところに若い連中が集まっていると聞いて、勝五郎もそこに行きたいと言い出したんです」

長兵衛は格子戸に手をかけた。

「待て。どうするのだ？」

「左団次に掛け合い、勝五郎を出してもらいます。それじゃないと、『幡随院』にいると思われ続けますから」

「………」

「では。ようございますね」

戸を開け、長兵衛は声をかけた。

屏風の向こうから若い男が現れた。

「幡随院長兵衛だ。左団次どのにお会いしたい」

「少々お待ちを」

若い男が奥に向かい、待つほどのこともなく、左団次が出てきた。

背後にいた亀之助と与力は表情を強張《こわば》らせている。

「なんだえ」

左団次がきく。

「うちにいた勝五郎がここにいるのはわかっている。出してもらえませんか」

「なぜですね」

「こちらのお方が用があるんです」

長兵衛はそう言い、体をずらした。

「おや、お侍さんはどこかでお会いしたことがありますね。そうだ、御代官手付の筒井亀之助どのだな。そちらにいるのは奉行所の与力どの。おや、外に大勢いるな」

「じつは勝五郎というのは手配書がまわっている大前田栄五郎という男でして、『幡随院』に行ったらここに移ったということなので」

亀之助が前に出て説明する。

「なんですかえ、勝五郎を差し出せとでも」

左団次は眼光鋭くきいた。

「手配書が……」

「勝五郎が手配書の男に間違いないんですかえ」

「間違いない」

「どうして、そう言い切れるんですね」

「それは、大前田栄五郎に殺された博徒の子分が顔を確かめたので」

「博徒の子分とつるんでいるのか」

左団次は大仰に呆れたようすで、

「筒井さん。勝五郎を連れていきたいのなら、この家に踏み込んでみなせえ」

「いや、そこまでは……」

「いいですかえ。勝五郎はあっしを頼ってきたんだ。ちょっとやそっとのことじゃ渡せねえ。まず、おまえさんの上役を連れてきてもらおうか。代官は誰なんでえ。そっちの与力の旦那。お奉行直々にお出まし願いましょうか」

左団次はまくし立てた。

「いや。いい」

亀之助は浮き足立っていた。

「勝五郎を呼んでもらいましょうか」

長兵衛は亀之助にきいた。

「いや、もういい」

「もういいと仰るのは勝五郎は大前田栄五郎ではないと考えていいんですかえ」

「そうだ」

「でも、丈八の子分たちは?」

「………」

「筒井さん、もういいですかえ」

左団次が冷笑を浮かべている。

「邪魔をした」

亀之助と与力たちは外に出た。

長兵衛もあとに続く。

「どうなっているんですかえ」

定九郎が不満そうな顔できいた。

「勝五郎は別人だ」

「そんな」

定九郎が唖然とした顔で、

「いったいどうなっているんだ。あの男は何者なんですかえ」

「栄五郎のことは諦めたほうがいい」

「冗談じゃありませんぜ」

亀之助は定九郎と文太が不満を繰り返すのを無視して引き上げていった。

「このままじゃすまさねえ」

定九郎は捨て台詞《ぜりふ》を残して去っていった。

長兵衛は左団次の家に戻った。

四

上がり口に左団次が待っていた。

「引き上げたか」

「助かった、このとおりだ」

長兵衛は頭を下げた。

「幡随院長兵衛が俺に頭を下げるとはな」

左団次はおかしそうに笑う。

「それにしても、おまえのところの番頭が勝五郎を連れてきて匿ってくれと言ったときにはびっくりしたぜ」

「苦肉の策だった」

長兵衛は正直に吐露した。

「俺が断るとは思わなかったのか」

「引き受けてくれると思った」

「なぜだ？」

「いや、なぜかはわからない」

「敵のところに頼みごとをするなど正気の沙汰とは思えん。それとも、長兵衛は俺の軍門に降るのか」

「いや、あくまでも敵だ。いつか、悪行を止めてやる」

「妙な野郎だ」

左団次は苦笑した。

「じつは、あんたを信じてもいいと思う根拠がふたつあった」

「俺を信じる?」

「そうだ。烏丸検校のほんとうの子かという問いかけに、あんたはちゃんと答えてくれた」

「そんなことで?」

左団次は呆れたように、

「で、もうひとつは?」

と、きいた。

「強請り、詐欺、さんざん悪事を働いてきたが、ひとに危害を加えたことはない」

「……………」

左団次は何か言おうとしたが、すぐ口を閉ざした。

「そこで頼みがある。ほとぼりが冷めるまで、もうしばらく勝五郎を預かっていただきたい。まだ、油断がならないんだ」

長兵衛は頭を下げた。

「いいだろう。貸しにしておく」

「……………」

「貸しはいつか返してもらう。肝心なときに、いいな」

「わかった」

長兵衛は答えると、

「勝五郎に会いたい」

と、頼んだ。

「今、呼んできてやろう」

左団次は腰を上げ、奥に向かった。

勝五郎が出てきた。

「親分」

「外に出よう」

「へい」

勝五郎は土間に下りた。

外に出て、三十間堀の堀端にある柳の木の脇で立ち止まった。

「親分、あっしのために御迷惑をお掛けして……」

「当然のことだ。気にする必要はない」

長兵衛は言い切り、

「もうしばらく、居すわってくれ。左団次にはほとぼりが冷めるまで預かってくれと言ってある」

「わかりました」

「じつは、おまえを左団次のところに送り込んだのには、理由《わけ》がある」

「なんでしょうか」

「左団次がひとを集めていることが気になる。何か大きな企《たくら》みがあるのではないかと思うのだ。それを探るのだ。無茶するな。気づかれないようにな」

「承知しました」

「じゃあ、頼んだぜ」

「へい」

勝五郎が左団次の家に戻った。

長兵衛が引き上げようとしたとき、堀端の暗がりに長身の侍が立っているのに気づいた。こちらに向かって歩いてくる。

月影が射している場所に出て、着物に髑髏の文様が浮かび上がった。大江直次郎だ。

「長兵衛」

目の前にやってくると、直次郎はにっと笑った。

「うまく、潜り込ませたな」

「なんのことですね」

「勝五郎だ」

「…………」

長兵衛は返答に詰まった。

「おぬしのやろうとしていることは手にとるようにわかる」

「先日の『坂田屋』の一件は大江さまの筋書きでしょう。まんまとやられました。さしずめ、あなたは軍師ですね」

「俺はただの用心棒だ」

「あなたはどういうお方なのですか」

長兵衛は迫るようにきいた。

「おぬしは俺に会いたがっていたそうだな。俺の素姓が知りたいのであろう」

「ええ」

「そんなこと知ったところで意味はない」

「教えてくださいませんか。どこかのご家中のお方だったのですか。何故、浪人に？」

「昨夜、勝五郎を連れてきた吉五郎という男。あの者は元は侍であろう。あの物腰、立ち居振る舞い。武士だ。違うか」

「へえ、さようで」

「どこの御家《おいえ》に奉公していた？」

「知りません」

「なぜ、辞めたのか」

「知りません」

「きいても答えようとはしまい」

「ええ」

「それで困ることはあるか」

「いえ」

「そうだ。素姓など知ったところで意味はない」

「それでも知りたいのです。あなたほどの才知に長《た》けたお方がなぜ、烏丸の左団次の用心棒になっているのか」

「左団次の用心棒は手当がいいからだ」

「いつから用心棒に？」

「半年前だ」

「半年？　左団次が悪事をはじめた頃からですね」

「…………」

「左団次は何をしようとしているのでしょうか。金を貯めて何を？」

「知らぬ」

「大江さまはどう思っているのですか」

「興味はない」

「相談を受けているのではありませんか」

「俺は単なる用心棒だ。左団次はいろいろひとから恨まれている。いつ、左団次に刃を向けてくる者がいないとも限らんからな」

直次郎は口元を歪め、

「勝五郎が間者だとは左団次には告げずにおく」

「……………」

「また、会おう」

直次郎は去っていった。

長兵衛は唖然とした。直次郎にはすっかり見透かされている。こちらの狙いが見抜かれているとしたら、勝五郎は偽りの話をつかませられる恐れがある。

いや、そうだとしたら、直次郎は勝五郎の役目に気づかぬ振りをしておくのではないか。わざわざ、勝五郎のことに触れたのは、勝五郎を利用して長兵衛を翻弄するつもりはないということか。

いや、それも手なのか。

長兵衛はまたも直次郎の術中にはまったようで忸怩《じくじ》たる思いにかられながら帰りを急

いだ。浅草御門を抜けたとき、蔵前のほうから走ってくる一行を目にした。

近づくにつれ、吉五郎の顔がわかった。吾平もいた。その他に三人。

「どうしたんだ？」

「親分の帰りが遅いので」

吉五郎がほっとしたように言う。

「心配ない。無事終わった。さあ、帰ろう」

長兵衛は皆に声をかけて、花川戸に帰った。


翌日の昼前、吉五郎が居間の襖を開けて言った。

「親分、河下の旦那が血相を変えてやってきました」

「来たか」

長兵衛は煙を吐いて言った。

「客間にお通しいたしました」

「わかった」

長兵衛は煙管の灰を落とし、新しく刻みを詰めて火をつけた。

「すぐ行かなくていいんですかえ」

吉五郎が気にした。

「河下さまはかなりカッカして駆けつけたのだろう。一服して気持ちが落ち着いた頃に顔を出す」

長兵衛は煙管を手に、

「ちょっと入らないか」

と、誘った。

「へい」

吉五郎が居間に入ってきた。

「吉五郎、昨日左団次のところで、大江直次郎と会ったか」

「ええ。会いました。無気味な男で」

「あの男、おまえが元武士だということを見抜いたぜ」

「そうですか。もう何年も前のことですが」

「勝五郎を左団次のところにやったのも、潜り込ませたと……」

「すべてお見通しってわけですか」

吉五郎も厳しい顔になって、

「じゃあ、これからの勝五郎の報《しら》せがほんとうかどうかわからないってことですね」

「そうなる」

「かなり才知に長けた男ですね。でも、それは……」

吉五郎は言い止《さ》した。

「なんだ？」

「その才知はひとの裏をかくのに長けているってことです。つまり、そのような生き方をしてきたのでしょう」

「常にひとの裏をかくことを考えてきたということか」

「そうだと思います」

「そこに、大江直次郎の素姓を探る手掛かりがあるかもしれないな」

「へい」

頃合いを見計らい、長兵衛は立ち上がった。

客間に行くと、又十郎は煙管を忙《せわ》しなく吸っていた。やはり、苛立《いらだ》っているようだ。

「お待たせいたしました」

長兵衛が向かいに座ると、いきなり、

「なぜ、勝五郎は烏丸の左団次のところに行ったのだ？」

「へえ。左団次のほうが待遇がいいらしく、あっさり出ていきました」

長兵衛は平然と答える。

「おぬしが逃がしたのだろう」

「逃がすなんて人聞きが悪い」

長兵衛は首を横に振る。

「それに、左団次とあっしは敵対しているんですぜ。左団次があっしの頼みを聞き入れてくれるはずないじゃありませんか」

「…………」

「捕縛には関わっていないのに、きのうのことで河下さまは何か言われたんですかえ」

「いや、そうじゃない」

又十郎は否定してから、

「勝五郎が大前田栄五郎だとわかっているのだ」

と、吐き出すように言った。

「あっしはそう思っていません」

「強情だな」

「でも、せっかく左団次の家に行ったのに、御代官手付の筒井さまも与力の旦那もすごすごと引き上げていきました。なんでですかね」

長兵衛は皮肉るようにきく。

「奉行所が手が出せないことを知っていて、左団次のところに逃がしたのだろう」

又十郎の目が鈍く光った。

「お言葉を返すようですが、左団次を必要以上に怖《おそ》れていることが、一番の問題ではないのですか」

長兵衛は言い返す。

「勝五郎を栄五郎だと思うなら、左団次が何を言おうが踏み込んで召し捕るべきだったのではありませんか」

「そんなことをしようものなら、左団次の報復に怯《おび》えなければならない」

「だったら、誰にも文句を言うべきではありません。自分の不甲斐《ふがい》なさを責めるべきでしょう」

「俺が心配しているのは御代官手付の筒井どのだ」

「筒井さまはそんなことを気に病むお方ではないでしょう」

「筒井どのを心配しているのではない。おぬしのほうだ。筒井どのは根に持つお方だ。気をつけたほうがいい」

「わかりました。今後、奉行所のほうはどう出ましょうか」

長兵衛は窺《うかが》うようにきいた。

「御代官手付のほうから要請があって動いただけだ。もうあちらからは何も言ってくるまい」

「奉行所はもう勝五郎に手を出さないのですね」

「御代官手付から何か言ってきたら動くが、もともと奉行所が手配した男ではないからな。奉行所の出番はもうあるまい」

「さようですか」

「喜ぶのは早い」

「ええ、わかっています。丈八の子分が何をするかわからないと仰るんですね」

「丈八の子分だけではない。筒井亀之助どのもだ」

「十分に気をつけます」

「それだけだ」

又十郎は腰を上げた。

「河下さま」

長兵衛は立ち上がった又十郎を見上げ、

「左団次のところの大江直次郎という浪人です。この浪人の素姓はいまだわかりませんか」

「あれから二日ではまだ無理だ。左団次の周辺にも滅多なことでは近づけまい。それに、その名とて実の名ではあるまい」

そう言い、又十郎は部屋を出ていった。

長兵衛はふと丈八の子分の定九郎と文太に思いを馳《は》せた。このまま黙って引き下がるとは思えない。

あくまでも勝五郎を狙うかもしれない。勝五郎を左団次のところに預けてほんとうによかったのか、長兵衛はわからなくなった。

第三章　頭巾の侍

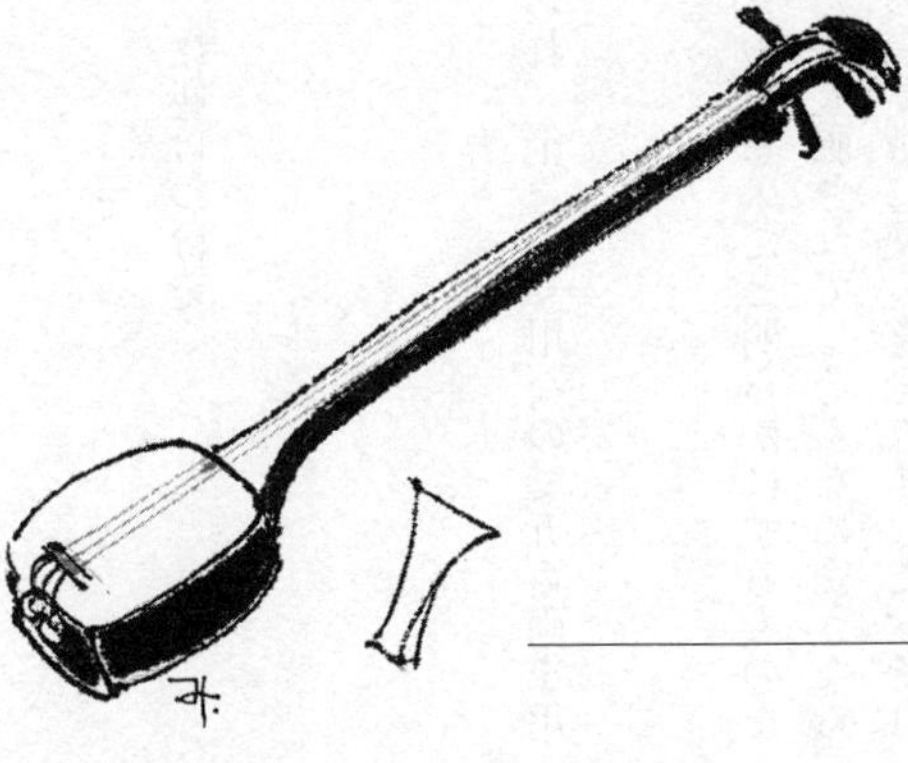

一

三日後、長兵衛は御蔵前片町《おくらまえかたまち》にある札差《ふださし》『守田屋《もりたや》』に駆けつけた。

店の中から言い争う声が聞こえる。

「長兵衛親分」

『守田屋』の主人金左衛門《きんざえもん》が走り寄ってきた。

「何があったんですかえ」

「旗本相川長門守《あいかわながとのかみ》さまの使いのお侍さまがやってこられ、至急入り用なので五百両を用立てて欲しいと」

金左衛門は困惑した顔で続ける。

「いつものご用人ではないので、ほんとうに相川さまのご家来だと明らかにするものをお示しくださいとお願いすると、信用出来ないのかとご立腹されて。そんなに疑うなら、相川家のご用人を呼んでこいと仰られて。相川さまのお屋敷に使いをやりました。それでご用人が駆けつけてくれたのです。その間に、長兵衛親分にもお知らせした次第でして」

「で、いま相川さまのご用人が問い質《ただ》しておられるんですね」

「それが……」

「どうしました？」

「駆けつけた当初は、当家の名を騙るとは不届き者と叱りつけていたのですが、今は形勢が逆転して……」

「なるほど。事情はわかりました」

長兵衛は店内に入った。

店座敷に侍姿の左団次が座り、上がり框の近くに坊主頭の周泡と暗い顔の権太が立っていた。

そして、少し離れた場所で、用人らしい年配の武士が青ざめた顔で立っていた。

「守田屋、ご用人もわかったようだ。早く、金を出してもらおうか」

左団次が金左衛門に言う。

「左団次どの」

長兵衛は声をかけた。

左団次は長兵衛に気づいて眉根を寄せた。

「また、おまえさんか」

「金を脅しとろうとしちゃいけねえ」

「相川さまに頼まれて金を借りにきたのだ。ひと聞きの悪いことを言うものではない」

左団次は笑みを浮かべ、

「ほんとうかどうか、ご用人どのにきいてみたらどうだ?」

と、年配の武士を指差した。

「ご用人。はっきり偽者と仰ってください」

長兵衛は声をかける。

「………」

用人は黙っている。

「どうなさいましたか」

「この者は……」

用人は口ごもった。

「ご用人。はっきり言ってくださいな。こっちも暇な身ではないんだ。金を受け取ってさっさと引き上げたい」

左団次が声の調子を強める。

本物の用人は烏丸の左団次の噂を知っていて、すっかり萎縮している。偽者だと騒げば、主人の相川長門守に何らかの影響が及ぶと考えているのだろう。

「さあ、ご用人。黙っていちゃ話は進まぬ。どうなんですね、拙者は相川家と無縁の者だと?」

「いや。相川家の者だ」

用人が喉に詰まったような声を出した。

「ご用人。勇気を出してほんとうのことを」

長兵衛が訴える。

「長兵衛、よけいなことを言うな」

左団次が声を荒らげた。

「みすみす、五百両をとられるのを黙って見過ごすわけにはいかねえ」

「金を借りにきたのだ。さあ、守田屋さん。金だ。あとで、相川家から返してもらえばいいだけだ」

「待て」

用人が切羽詰まった声で、

「せめて半分に」

「半分だと?」

「そうだ。五百両は多すぎる」

「拙者は五百両を借りてくるように頼まれたのだ。子どもの使いではあるまいし、半分とは。拙者に恥をかかせるつもりか」

「いや、そんなつもりでは」

「左団次どの。それでは強請りだ」

「どこが強請りだ。相川家のご用人も認めているのだ」

「守田屋。この者の言うように」

用人は金左衛門に言う。

「ご用人さま、よろしいのですかえ。相川家の借金になりますが」

金左衛門が不安そうだ。

「仕方ない」

用人が苦渋に満ちた表情をしたので、長兵衛は助け船を出す。

「左団次どの。五百両も借りたらあとで返すのもたいへんだ。ご用人が仰るように半分にしたらどうですか」

みすみす五百両を奪われるより、半分で済ますしかないと判断してのことだ。

「長兵衛、よけいな口出しを。おぬしには貸しがあるのを忘れるな」

「それとこれとは別だ」

長兵衛は言い返す。

「仕方ない。長兵衛の顔を立てて、ご用人の仰るようにしましょう。守田屋。二百五十両。さっさと出してもらおうか」

「わかりました。番頭さん。これへ」

「はい」

番頭が二百五十両を持ってきた。左団次はそれを受け取り、周泡に渡した。

「あの、証文を……」

番頭がおそるおそるきく。

「俺が書くより、ご用人に書いてもらったほうがいい」

左団次はそう言って腰を上げた。

土間に下り、長兵衛の前に立つと、

「おかげで半額だ」

と、厭味《いやみ》を言って店から出ていった。

「ご用人。烏丸の左団次のことをご存じだったのですね」

長兵衛はきいた。

「噂になっていたからな」

「突っぱねられなかったのですか」

「左団次に逆らって役職を棒に振ったという話を聞いている。まさか、当家に災いが及ぶとは……」

「今からでも、町方に」

番頭が息巻く。

「無駄ですぜ。奉行所は何も出来ない」

「どうしてですか」

「奉行所もあの男には手が出せないのだ。よしんば、捕まえたとしても罪を明かすことは出来ません。ご用人がお金を出すように言われたからです」

「………」

番頭は押し黙った。

用人は悄然《しょうぜん》としている。

「烏丸の左団次はどうして相川長門守さまの名を騙ったのでしょうか」

「わからぬ」

「そもそも、どうして長門守さまを知っていたのか……」

長兵衛は不審に思った。

「旗本の草間大膳さま、大木隼人さまをご存じでいらっしゃいますか」

「いや、存じあげぬ」

用人は首を横に振った。

左団次に奪われた二百五十両は相川家が負担するのか、『守田屋』か。その話し合いがはじまる前に、長兵衛は引き上げた。

花川戸に帰ると、定町廻り同心の河下又十郎が来ているという。

長兵衛は客間に行った。又十郎は腕組みをして待っていた。

「札差の『守田屋』に行ったそうだな。何かあったのか」

「ええ」

「もしや、烏丸の左団次では……」

「どうして、そう思われます？」

「ふつうなら長兵衛が札差に呼ばれるとは思えなかったのだ。それに、今、長兵衛が動くとしたら左団次のことだろうからな」

「仰るとおりです」

長兵衛は、左団次が相川長門守の家来を騙って金を借りに来たと話し、

「騙りだとわかりながら、皆が逆らわなかった。みすみす二百五十両を奪われました」

「そうか」

又十郎は苦い顔をした。

「そこでちょっと気になったことがあります」

「なんだ？」

「左団次は、これまでにも何度か旗本の名を出しています。今日の相川長門守さまにしても、どういうわけで選んだのか」

「誰でもよかったのだろう」

「そうかもしれませんが」

「『坂田屋』や札差の『守田屋』などと同じで、適当に選んでいるのではないか。手当たり次第だ」

長兵衛は首を傾げ、

「相川長門守さまについて、どういうお方か調べていただけませんか」

「なぜだ?」

「やはり、どうして知っていたのかが気になるのです」

「わかった。与力どのに武鑑を諳《そら》じているようなお方がいる。きいてみる」

「武鑑に載らない人柄とか評判とかも」

「わかった。きいておく」

又十郎は言ったあとで、

「ところで、まだそなたの耳に入っていないようだな」

と、厳しい顔つきになった。

「なんのことですか」

「今朝、鉄砲洲稲荷《てつぽうずいなり》の近くで、ふたりの男の斬殺死体が見つかった。斬られたのは昨夜のようだ」

「それが何か」

「丈八の子分の定九郎と文太だ」

「なんですって。あのふたりが殺された？」

長兵衛は素直に信じられなかった。

「間違いないんですかえ」

「うむ、筒井どのにも確かめてもらった」

「………」

「下手人はわからないが、侍だ。木挽町に近い」

「まさか」

「あのふたりは勝五郎を追っていた。左団次の家にいるとわかっている。筒井どのは左団次の家に踏み込んで殺《や》られたのではないかと見ている」

「左団次のところに聞き込みには？」

又十郎は首を横に振った。

「証がないのに踏み込めぬ」

「ばかな」

長兵衛は怒りが込み上げてきた。

「これはひと殺しですよ。今までのような詐欺や強請りとは違います」

「しかし、証がないのだ」

「何も下手人を捕らえに行くのではありません。事情を聞くだけです。定九郎と文太が追っている勝五郎が左団次のところにいるのですから」

「長兵衛、疑いはおぬしにもある」

「なんですって」

「勝五郎は『幡随院』にいた男だ。そもそもはおぬしが匿っていた。定九郎と文太はおぬしも恨んでいた」

「なるほど。河下さまはそのことでここに聞き込みにみえたというわけですね」

「死体が発見された鉄砲洲稲荷の近くは俺の縄張りではない。したがって、この殺しの掛かりは俺じゃない。だが、『幡随院』は俺の受け持ちにあるので、俺が来たのだ」

「左団次のところには行かず、ここには来たというわけですね」

「…………」

「これからの探索で、証が見つかれば左団次のところにも聞き込みに行くはずだ」

「まず、無理でしょうね」

長兵衛は冷笑を浮かべる。

「殺されたのは江戸の者ではない。上州の博徒です。博徒を殺した下手人を真面目に探索しようとはしないんじゃありませんか。ましてや左団次を怒らせたら、どんな仕打ちを受けるかしれない」

「…………」

「図星ですね。おそらく、下手人は上がらぬままでしょう」

長兵衛はため息をついた。

「じつは、大江直次郎という浪人の疑いがある。左団次の用心棒だ。あの浪人が昨夜、三十間堀沿いをひとりで歩いているのを見た者がいた」

「それだけじゃ証にはなりません」

「うむ」

「それにふたりが左団次の家に踏み込んできたのなら斬り捨てることもありえましょうが、わざわざ外で殺すなど考えられません。勝五郎のためにそこまでする必要はありませんからね」

長兵衛は念のために確かめる。

「死体の発見場所で殺されたことに間違いはないのですね」

「争ったような跡や血が周りの下草に付いていた」

「そうですか」

長兵衛は思わぬ事態に困惑し、引き上げていく又十郎を見送った。

二

その夜、長兵衛は木挽町の左団次の家を訪れた。

土間に立ち、左団次が出てくるのを待つ。屛風の向こうで、男たちが様子を窺っている。

ようやく、左団次が出てきた。

「今日はとんだ邪魔をしてくれたぜ」

いきなり、声を投げつけてきた。

「あれだけの金を奪っておいて、まだ不満があるのか」

長兵衛が冷たく言い返す。

「まあ、いい。で、用件は？」

「定九郎と文太という男が殺された。鉄砲洲稲荷の近くで斬られたそうだ」

「定九郎と文太？　ああ、勝五郎を追っていた上州の博徒か」

「誰に殺られたのか気にならないのか」

「俺たちには関わりないからな」

「あのふたりがいなくなった今、勝五郎を預かってもらう意味がなくなった。世話になったが、迎えに来た」

「連れて帰るのか」

「そうだ」

「いいだろう」

左団次は後ろに控えていた坊主頭の周泡に、目顔で何かを知らせた。周泡は頷き、奥に向かった。

「勝五郎は大前田栄五郎だそうだな」

「知らない」

「本人から聞いていないのか」

「聞いていない」

「あの男、いずれたいした男になる」

「八卦《はっけ》もやるのか」

「顔つきを見ればわかる。おまえも俺が見立てたとおりの男だ」

「…………」

「親分」

と、勝五郎が風呂敷包みを抱えてやってきた。

「勝五郎、迎えに来た」

「へえ」

「勝五郎、長兵衛のところへなど帰らず、ずっとここにいていいんだぜ」

左団次は不敵に笑う。

「ありがとうございます。また、遊びに来させていただきます」

勝五郎は左団次に手をついて頭を下げた。

「世話になった。礼を言う」

長兵衛も頭を下げた。

「貸しだ」

「いつか、そのときがきたら借りを返す」

「そのときだと？　こっちが返せと言ったときに返してもらう」

「それは出来ない。おまえたちの悪事に手を貸すことはしない」

長兵衛が言うと、左団次は笑った。

「何がおかしい」

「長兵衛、ずいぶん都合がいいではないか」

「なに？」

「勝五郎のことだ。おまえは俺達が烏丸検校の威を借りていることが面白くないのだろうが、こと自分のことになると別になる。御代官手付や奉行所を牽制《けんせい》するために烏丸検校の威光を利用した」

「………」

長兵衛は返答に窮した。

「どうした、ぐうの音《ね》も出ないか」

「確かに、おまえの言うとおりだ。だが、他人に害を与えるような真似はしていない」

「害か」

左団次はふっと笑い、

「おまえも俺も所詮は一つ穴の狢《むじな》だ」

「いや、違う」

「頑固な野郎だ。まだ、俺たちの邪魔をする気か」

「そうだ。必ず、悪事をやめさせる」

「長兵衛。烏丸の左団次さまに逆らうとどうなるか思い知ることになるぜ」

周泡が凄んだ。

「このようなことをやっていてはいつか躓《つまず》く。そればかりではない、密かにおまえさんを暗殺しようという輩が現れないとも限らない」

「そのために用心棒がいる」

左団次が答えた。

「大江直次郎さんか」

「そうだ。あのお方がいつも守ってくれている」

「そんなに金を貯めて何をするつもりだ？」

「遊んで暮らすためだ。こんなことをいつまでも続けられるとは思っていない。今のうちに稼ぐだけ稼ぐのだ。その邪魔をする者は誰とても許さぬ」

「俺はいつでもおまえさんたちの前に立ちはだかる」

「長兵衛、おとなしくしていることだ」

左団次は冷めた目を向けてから、

「いつも、同じ言い合いになるな」

と、含み笑いをした。

「それでは、勝五郎は連れて帰る」

「うむ」

左団次は勝五郎に、

「勝五郎、いつでも遊びに来い」

「へい」

「では、邪魔をした」

長兵衛は挨拶をし、勝五郎といっしょに土間を出た。

外に、吉五郎や吾平らが待っていた。

「吉五郎兄ぃ」

勝五郎は近寄って頭を下げた。

「ご苦労だった」

吉五郎が労《ねぎら》う。

「いえ、あっしのために親分や皆さんに御迷惑をお掛けして……」

「迷惑などとは思っちゃいないさ。さあ、帰ろう」

吉五郎は声をかけた。

ふと、ひとの視線を感じ、長兵衛は振り返る。左団次の家の路地からだ。暗がりの中に誰かが立っているのがわかった。

「大江直次郎……」

「親分、何か」

吉五郎も暗がりに目をやった。

「あの侍は……」

やがて、闇に溶け込んだように直次郎の姿は消えた。

帰り道、勝五郎がきいてきた。

「定九郎と文太が殺されたってほんとうですか」

「ほんとうだ。昨夜、鉄砲洲稲荷の近くで斬られたそうだ」

「いったい誰が？」

「ふたりは昨夜、左団次の家に踏み込まなかったか」

「いえ、そんな騒ぎはありませんでした」

「いつもと変わらぬ夜だったのか」

「そうです。ただ、大江直次郎はどこかに出かけていきました」

「いつもは出かけないのか」

「あっしがいた数日間では昨夜だけでした」

「そうか」

「親分。あっしには左団次の動きを探る役目がありました。それを果たせませんでした」

「いや、いいんだ。じつは、こっちの狙いを大江直次郎に見抜かれていた」

「………」

「へたをすれば、おまえをうまく利用されてしまう恐れがある。だから、引き上げることにしたのだ」

「そうでしたか」

勝五郎は頷いて、

「左団次は何か大きなことを企んでいることに間違いありません。毎夜、仲間を全員集め、何か話し合っていました」

「そうか」

「それが何か摑みたかったんですが」

「いや、そこまでは無理だ。気にせずともよい」

ようやく、花川戸に帰ってきた。


翌朝早く、長兵衛は本所南割下水《わりげすい》にある筒井亀之助の屋敷を訪ねた。

門を入り、玄関に立つ。

若党《わかとう》らしき男が出てきた。

「幡随院長兵衛と申します。筒井さまにお会いしたいのですが」

「少々、お待ちを」

若党はいったん下がった。

が、すぐに戻ってきた。

「お庭のほうにお廻りくださいとのことです」

若党は中間に、案内するように告げた。

「どうぞ」

中間は長兵衛を庭から亀之助のいる部屋まで案内した。

亀之助は濡縁《ぬれえん》に出てきて、

「長兵衛か」

と、表情を固くした。

「朝早くに申し訳ございません」

「ちょうど今日は非番だ」

亀之助は腰を下ろした。

「そうでしたか」

長兵衛は頷き、

「じつは定九郎と文太のことで」

「あのふたりが死んでおぬしは助かったな」

「あっしはふたりの死に関わりありません」

「どうだかな」

亀之助は嘲笑するように口元を歪めた。

「筒井さまはふたりの死体をご覧になったのですか」

「見た」

「どのような様子でしたか」

「ふたりとも長脇差を抜く間もなく斬られていた。下手人はかなりの使い手であろう」

「油断していたところを襲われたということは？」

「鉄砲洲稲荷の近くの寂しい場所だ。ふたりは警戒をしていたはずだ」

「筒井さまのお考えは？」

「勝手な想像だが、左団次のところにいる大江直次郎ではないかと。だが、あの侍が鉄砲洲稲荷の近くでふたりと会うことは、まず考えられぬ」

「では、大江直次郎ではないと」

「いや。こういうことも考えられる。定九郎と文太のほうから大江直次郎に勝五郎を引き渡せば礼をすると声を掛けた。そこで、大江直次郎は勝五郎を鉄砲洲稲荷の近くまで連れていくと約束をした。しかし、それは罠《わな》だった」

「なるほど」

「しかし、別の見方も出来る」

亀之助は厳しい顔をした。

「花川戸から離れた場所だということが引っ掛かる」

「…………」

「あえて、遠い場所を選んだとも」

「では、我らの仕業だと？」

長兵衛は顔をしかめた。

「吉五郎は元武士らしいな。南町の河下どのから聞いた」

「もう十年以上も前のことです」

「しかし、腕は鈍っていまい」

「吉五郎ではありません」

長兵衛ははっきり言う。

「わしも吉五郎だとは思っていない。吉五郎がそこまでする必要はない。定九郎と文太の狙いはあくまで勝五郎だ。その勝五郎は左団次のところだ。そうなると、疑いは左団次に向かい、大江直次郎が浮かび上がる。だが、証はない」

「………」

「残念ながら、下手人はわからぬままで終わるだろう。なにしろ、左団次を調べることに奉行所は二の足を踏むだろうからな」

亀之助は冷めた声を出す。

「大前田栄五郎の件はどうなりますか」

「諸々《もろもろ》考えて、これきりということになろう」

「しかし、大前田栄五郎の手配書がまわっているのではありませんか」

「そのまま捨てておくことになる」

「勝五郎を追えば、また左団次のところに逃げ込むかもしれないからですかえ」

「うむ。おぬしは、まだ烏丸検校の威光の恐ろしさを知らないのだ。上さまお気に入りの烏丸検校がその気になれば、大名だって吹っ飛ぶ」

「それをいつまでも許しておくつもりですか」

長兵衛は怒りを込めて言う。

「みな自分が可愛いのだ。長兵衛、おぬしとて同じだ」

亀之助は長兵衛を睨んでから、

「ともかく、烏丸検校の威光云々《うんぬん》だけではない。定九郎と文太のふたりが死んだのが大きい。もっとも意気ごんでいたふたりがいなくなり、栄五郎を捕縛する必要もなくなったのでな」

「定九郎と文太の他にも子分が来ていたはずですね。その者が勝五郎を大前田栄五郎だと訴えたのですかね」

「そうだ、ふたり来た。だが、定九郎と文太が殺されたらとんと意気地がなくなった。ふたりの骨を持って上州に帰るということだ」

「そうですか」

「これでおぬしも安心だろう」

「…………」

「まあいい。老婆心《ろうばしん》ながら言っておく。烏丸の左団次に逆らわぬほうがいい。どんな目に遭うかわからぬ」

「いえ、あっしはひとりでも左団次と闘いますぜ」

「どこまで出来るか見物《みもの》だ」

亀之助は皮肉な目を向けた。

亀之助の屋敷を出て、長兵衛は本所石原町《いしわらちょう》を通り、吾妻橋を渡った。

花川戸の『幡随院』に戻ると、吾平と勝五郎が長兵衛に気づいて駆け寄ってきた。

「どうした?」

「へえ、今、普請奉行の使者が来ています。姐さんと吉五郎さんが相手をしていますが、客間から吉五郎さんの怒鳴り声が……」

「そうか」

長兵衛は客間に急ぐ。

「失礼します」

襖を開けた。

「おまえさん」

お蝶が振り向いた。

「親分。じつは護岸工事の請負がほぼ『幡随院』で決まりかけていたんですが、急に変わったってことです」

吉五郎が憤然と言う。

長兵衛は普請方改役の大坪仁一郎の前に腰を下ろした。眠そうな細い目をした男だ。

「大坪さま、どういうことでございますか」

「今、吉五郎が言ったとおりだ。もう一度、改めて選定をやり直すことになったのだ」

仁一郎は抑揚のない声で言う。

「早く工事を進めないと江戸の者が困るはず。なぜ、やり直しになったのですか」

「いろいろ事情があったのであろう。わしは詳しいことはわからん」

「しかし、前の普請奉行のときの入札《いれふだ》で不正があって、新しい普請奉行のもとで選定し、『幡随院』に決まりかけたのではありませんか」

「そうだ、そのとおりだ」

仁一郎は頷く。

「どうして考えが変わったのか。教えていただきたい。また、それが納得出来るものでなければ承服は出来ません」

「うむ」

　仁一郎は眉根を寄せて唸った。

「はっきり仰ってくださいな」

「じつはわしもほんとうにわからないのだ。我らはもう請負先は『幡随院』に決まったものとして動きはじめた。ところが、昨日になって急に普請奉行から待ったがかかったのだ」

「急に？　お奉行からは何の説明もなかったのですか」

「なかった。我らがきいても、ただ諸般の事情から選定をやり直すというだけ。その事情がどのようなものか教えてもらっていないのだ」

「まさか」

　長兵衛ははっとした。

「なんだな」

　仁一郎は不思議そうな顔をした。

「いや、なんでもありません」

　首を横に振り、

「大坪さま。もし諸般の事情が何かわかったら教えていただけますか」

　と、長兵衛は頼んだ。

「わかった。必ず、知らせる」

「大坪さま」

お蝶がきいた。

「他にどこか有力なところがあるんですか」

「いや、ない。我らは『幡随院』に代わるところはないと思っている」

「『幡随院』以外ならどこでもいいということですかね」

長兵衛は確かめる。

「いや、そういうわけでは……」

仁一郎は口を濁した。

「わかりました、大坪さまを責めても仕方ありませんや」

「わかってもらえたか」

「納得行きませんが」

長兵衛は厳しい顔を崩さない。

「では、わしはこれで」

仁一郎は逃げるように腰を上げた。

仁一郎を見送って、長兵衛は居間に入った。吉五郎がついてきた。

「親分、烏丸検校と左団次の仕業では？」

「おそらくな、自分たちの邪魔をするなという警告だろう」

長兵衛は呟くように言う。

「でも、商いにまで口を出されちゃ……」

お蝶が憤然としている。

「左団次は俺が頭を下げにくるのを待っているのかもしれない。俺が奴の前でひれ伏したら、請負先を『幡随院』にしてやると言いたいのだろうよ」

「冗談じゃないわ。意地でも頭を下げる必要はないわ」

お蝶が強気に言う。

「もちろんだ。これからも左団次の悪を暴いてやる」

長兵衛は闘志を燃やした。

三

翌日の昼過ぎ、長兵衛は人形町通りの『小染』にやって来た。店が開くのは夕方からで戸は閉まっている。

裏にまわって、庭に入る。開け放たれた障子から、部屋が見えた。親父がお染から長唄の稽古をつけてもらっていた。

長兵衛は庭の花を愛《め》でながら稽古が終わるのを待った。お染の弾く三味線の音と親父の声が聞こえてくる。

三味線の音が止んで、長兵衛は濡縁に近づいた。

「長兵衛です」

「上がれ」

親父が声をかけた。

長兵衛は沓脱《くつぬ》ぎから縁側に上がり、座敷に入った。

お染が三味線を片づけながら、

「庭で待っていたのね」

「ええ。たまに聴くと、親父が上達しているのがよくわかる」

「そうかえ」

親父はうれしそうだが、ふと笑みを引っ込め、きいてきた。

「長兵衛、何かあったのか」

「どうして？」

「屈託がありそうな顔をしている」

「そうかな」

長兵衛は顔を掌でなでた。

「隠すな。俺にはわかる」

「じつは、護岸工事を『幡随院』が請け負うことにほぼ決まっていたんだが、急に覆された」

長兵衛は事情を話した。

「烏丸の左団次か」

「そうとしか考えられねえ」

「そうか、そいつは頭に来るな」

親父も憤慨する。

「それ以上に、そんな理不尽なことが横行することが許せねえ」

「しかし、世の中、そんなもんだ。烏丸検校は家斉公の寵愛《ちょうあい》を受けて好き勝手やっているのだろうが、他の連中だって賄賂に物を言わせているんだ」

「左団次はそのことを利用して金儲《かねもう》けに走っている。たちが悪い」

「そうよな」

そのとき、戸口のほうで声がした。

「徳の市か。そうだ、呼んでいたんだった」

親父は迷った顔をした。

「俺のことは気にするな。すぐ帰らなきゃならねえんだ。お染さん、上がってもらってくださいな」

「ええ、いいんですかえ、じゃあ」

お染の案内で、徳の市がすぐに部屋に入ってきた。

「お邪魔いたします」

徳の市は挨拶したあと、不審げに長兵衛のほうに顔を向けた。

「ひょっとして、先日お会いした……」

「そうだ、長兵衛だ。よくわかったな」

鋭い勘だ。長兵衛は驚いた。

「へえ、どうも」

お染は部屋の端にふとんを敷いた。

「じゃあ、あっしは」

「すまなかったな」

「気にしなくていい。そうだ、徳の市さん。おまえさんの師匠は早川検校だったな」

「はい、さようで」

「なんとか会うことは出来ないだろうか。お願いしてみてくれないかえ」

「さあ、私などの言うことを聞いてくださいますかどうか。一応、お話だけはしておきます」

徳の市は応じた。

親父の家を辞した長兵衛は人形町通りから浜町堀を過ぎ、浅草御門から御蔵前片町にやって来た。

札差の『守田屋』の前を通りかかったとき、先日のことを思いだして店に寄ってみた。

番頭が長兵衛に気づいて近寄ってきた。

「これは『幡随院』の親分さん」

「通りがかりに寄ってみたんだが、旦那はおいでですかえ」

「申し訳ありません。生憎《あいにく》、出かけております」

番頭はすまなそうに言う。

「そうか。いや、先日の騒ぎのことでききたいんだ。あのあと、どうなったかと思いましてね」

「それが……」

番頭は言いよどんだ。

「どうしましたえ」

「二百五十両は『守田屋』がかぶることになりました」

「相川長門守さまは？」

「自分とは関係ないところで行われたことだから、金を出す筋はないはずだと言い張られまして」

「ご用人が片棒を担いだことについては？」

「曖昧にされ、二百五十両の件は最初から拒絶です」

「それは酷《ひど》い」

「ご用人も、相川家の者だと言ったわけではないと」

「いや、確かに言った。あっしも聞いていました。それに、証文はご用人が書いたはずだが」

「まったく無視です。ご用人も自分が書いたものではないという始末」

「………」

「じつはこれまでも相川さまは、こちらにちょっとした手落ちがあれば大仰に騒いで、落とし前をつけさせるのです。お金には汚いお方ですから、二百五十両を払ってもらうのはたいへんだと思っておりました。案の定、払うつもりはないようです」

「そうですか。では、証文はただの紙切れに？」

「ええ、ですが……」

「どうしました？」

まだ何かあったのか。

「先日の相川さまの使いだと騙ったお侍がやって来たのです。二百五十両の件はどうなったかときかれたので、正直に話をしたら、その証文を預かると言って持っていってしまいました」

「持っていった？」

左団次の魂胆が読めた。

「相川さまのお屋敷はどこですかえ」

「三味線堀の近くです」

「わかりました」

長兵衛は『守田屋』を出て、元鳥越町《もととりごえちょう》を通って三味線堀の近くにある相川長門守の屋敷に向かった。

相川長門守は五百石の旗本である。

大門の横の潜り戸のそばに門番所がある。長兵衛は近づいて、門番の侍に「『守田屋』の件でご用人にお会いしたい」と申し入れた。

「約束か」

「いえ、火急の用でして」

「待っていろ」

門番は奥に向かった。しばらく待たされたが、戻ってきて、

「内玄関に行け」

と、潜り戸を開けた。

長兵衛は玄関の前を通り、横にある内玄関の前に立った。

そこに女中が待っていた。

「ご用人にお会いしたい」

長兵衛は改めて口にする。

「どうぞ」

女中は玄関の脇にある座敷に招じた。

長兵衛が座敷の真ん中で腰を下ろすと同時に襖が開いて、用人が入ってきた。

険しい顔で向かいに座る。

「烏丸の左団次がここにやって来ませんでしたか」

長兵衛はいきなり切り出した。

「来た。『守田屋』から頼まれたと、証文を持ってな」

用人の眦がつり上がる。

「どうなさいましたか」

「二百五十両をとられた」

「『守田屋』で、なぜ、そいつは偽者だと口になさらなかったのですか」

「最初は言ったのだ。すると、坊主頭が、このお方は烏丸の左団次さまだと耳打ちした」

「それですっかり怖じ気《おけ》づいてしまわれたのですね」

「………」

用人は分厚い唇を震わせている。

「あのとき、もし左団次の要求を突っぱねていたらどうなったと思いますか」

「おそらく、うちの殿に何らかの影響が出よう。烏丸検校にあることないことを告げられたら……」

「烏丸検校にそのような権限はないはずですが」

「家斉公は烏丸検校の言いなりと聞いている」

用人はため息をつく。

「金を『守田屋』に払わせようとなさいましたね」

「殿が、それは『守田屋』の問題で相川家は巻き込まれただけだからと仰って」

「しかし、結局は相川家は金を支払わされました。よく、殿さまは応じましたね」

「左団次は殿に直に会って証文を見せて、出すように迫ったのだ」

「相川さまも左団次の前では何も出来なかったのですね」

「そうだ」

用人は吐き捨てるように、

「奉行所がいけないのだ。あのような男を野放しにしているから、我らもこんな目に」

「奉行所も同じですよ。不用意に強気に出て、あとで何か、その報いが来たらと怯えているのです」

「…………」

「ご用人はこのまま泣き寝入りをするおつもりですか」

長兵衛は確かめる。

「何が出来ると言うのだ。何も出来やしない」

「なぜ、左団次は相川さまの名を出したのでしょうか。たまたまなのか、それとも何か理由が？」

「たまたまであろう」

「そうですか」

「正直、腸《はらわた》が煮えくり返っているが、いかんともし難い。だが、それ以上に頭が痛いのは『守田屋』との関係が悪化してしまったことだ。殿にも相川家の借金とするしかないと進言したが、突っぱねられた。そのために、『守田屋』と気まずくなった上に二百五十両もとられてしまった」

「左団次にしてやられてお悔しいのでしょう。初めから相川家が二百五十両を出しておけば、傷は浅かったかも……」

そこまで言って、長兵衛ははっとした。

左団次の要求は五百両だった。それを半額にしたのは長兵衛だ。だが、左団次はあくまでも五百両を……。

相川家の屋敷を辞去したあとも、いまさらながら、左団次の図太さに舌を巻く思いだった。

最初の計画どおりに五百両を手に入れただけなのか、それとも半額にさせた長兵衛への当てつけか。

花川戸に向かって歩いていると、前方から来る河下又十郎に気づいた。岡っ引きを伴っている。

「河下さま」

「長兵衛か、いいところで会った。今、『幡随院』に寄ってきたのだ」

「そうでしたか」

「どこか人気のない場所に……」

又十郎は辺りを見回した。

「榧寺《かやでら》の境内では」

「いいだろう」

岡っ引きを先に行かせ、長兵衛と又十郎は榧の木で有名な榧寺の山門をくぐった。

人気のない植込みの近くで向き合う。

「定九郎と文太殺しを追っている同心から聞いたのだが、あのふたりらしい男が頭巾をかぶった侍と鉄砲洲稲荷の鳥居のそばにいたそうだ。それを見ていた者が見つかったのだ」

「鉄砲洲稲荷の鳥居？」

「どうやら、そこで待ち合わせたようだ」

「待ち合わせたとは妙ですね」

定九郎と文太が大江直次郎と待ち合わせるとは思えない。直次郎の仕業だとすれば、勝五郎に会わせると言って誘い出され、直次郎の逆襲に遭ったという筋書きしか思いつかないのだが。

「そのふたりはほんとうに定九郎と文太だったんでしょうか」

「体つきが似ていたらしい」

「定九郎と文太殺しの探索は続けられているのですか」

「いや、偶然、耳にしただけで、進んで調べていたわけではなさそうだ」

「そうでしょうね。調べた結果、大江直次郎の疑いが濃くなったら、厄介ですからね」

「そう言うな」

又十郎はいやな顔をした。

「それから、相川長門守についてわかったことがある。相川長門守は納戸《なんど》組頭《くみがしら》だが、かつて大名からの献上品をくすねたという疑いがあったらしい。証がなく、何事も表立っての調べはなかった。それはそれで済んでいるのだが……」

納戸役は将軍の衣服や調度品、それに大名・旗本などからの献上品を取り扱う役である。納戸頭の下に納戸組頭がいる。

「その他にも何かあったのですか」

「調度品がときたま紛失している」

「それも相川さまに疑いが？」

「噂だけだ。現に処罰されていないのだから」

「そうですか」

「長兵衛。さっき吉五郎から聞いたが、護岸工事の請負がだめになったそうだな」

又十郎が話を変えた。

「へえ」

「左団次だ」

「かもしれませんが、証があるわけではありませんので」

「他に誰がいるというのだ？」

「普請奉行のほうに、ほんとうになんらかの事情が出来たのかもしれません」

「本気でそう思っているわけではあるまい」

又十郎は言って、歩きだす。

山門を出たところで又十郎と別れ、長兵衛は花川戸に向かった。

なぜ、左団次は相川長門守に狙いを定めたのか。長兵衛はそのことが気になっていた。

四

夕方、長兵衛は長脇差を差して木挽町の左団次の家を訪れた。

声をかけると、坊主頭の周泡が出てきた。

「また、あんたか」

周泡がうんざりした顔で言う。

「左団次どのはおいでかい」

「今、留守だ」

「戻りは？」

「さあな」

「帰ってくるまで待たせてもらっていいか」

「冗談じゃねえ」

周泡はしかめっ面をし、

「姐さんと築地本願寺《つきじほんがんじ》に行った。そこに行けば、会えるかもしれないぜ」

と、追い払うように言う。

「わかった」

長兵衛は土間を出た。

外は暗くなりつつあった。本願寺に急いだ。

山門から参詣人が何人か出てくる。左団次の姿はなかった。境内に入り、本堂に向かう。何人もの人影があったが、左団次はいない。

諦めて引き上げようとしたとき、本堂の脇から男女が出てきて、山門に向かった。左団次だと思い、あとを追おうとした。が、長兵衛は足を止めた。左団次のほうを見ている浪人がいる。

左団次が山門に近づいたとき、浪人も動きだした。いつの間にか三人になっている。

長兵衛は三人のあとを追った。

左団次は采女《うねめ》ヶ原《はら》のほうに足を向けた。浪人たちも続く。長兵衛は少し間を置いてあとをつけた。

采女が原の馬場の脇に出た。辺りは暗くなっていた。

浪人たちがいきなり駆けだした。女の悲鳴が上がった。

「てめえたち、誰に頼まれた？」

左団次の声がした。

左団次と女が浪人たちに馬場の柵まで追い詰められていた。

「待ちやがれ」

長兵衛が長脇差を抜いて割って入った。

「俺が相手だ」

「邪魔だ」

浪人のひとりが上段から斬りかかってきた。長兵衛はその剣を弾《はじ》き、相手の胸元に素早く飛び込み、足を掛けて倒した。

その間に、もうひとりが左団次に襲いかかる。長兵衛はその浪人の肩を峰で打ちつけた。呻いて、浪人はよろけた。そこを、左団次が思い切り、足蹴をくらわせた。浪人は派手にひっくり返った。

長兵衛は残りのひとりに刃を向けた。浪人は正眼《せいがん》に構える。髭面《ひげづら》の顔の大きな男だ。

「誰に頼まれたんだ?」

長兵衛は迫る。浪人は間を詰めてきた。

そのとき、地を蹴る足音が近づいてきた。浪人は刀を引き、すぐに逃げだした。

大江直次郎が駆けつけた。

「大事ないか」

左団次に声をかける。

「だいじょうぶだ、長兵衛に助けてもらった」

「いや、あっしがいなくても問題なかったようだ」

長兵衛は刀を鞘《さや》に納めて言う。

「それより、どうしてここに？」

左団次がきいた。

「家に寄ったら、築地本願寺だと聞いたんだ」

「そうか。ともかく、礼を言う」

「いや、礼を言われるほどのことではない。借りを返したとはとうてい言えねえ」

長兵衛が言うと、左団次は苦笑した。

直次郎が逃げ後れた浪人を早速捕まえていた。

「誰に頼まれた？」

直次郎が浪人を問いつめる。

「知らぬ」

「言わなければ、二度と剣を使えぬように」

直次郎は剣を拾い、浪人の右二の腕に突き付けた。

「待て」

「言うか」

「頭巾を被った侍だ。名はわからない」

「嘘を言うな」

「ほんとうだ。須田町《すだちょう》の口入れ屋の前で声をかけられた」

「なんと言われたのだ？」

「烏丸の左団次を斬れと。前金で五両、うまくいったあとで五両くれると。それで他のふたりにも声をかけた」

浪人は青ざめている。

「どこで受け取ることになっていた？」

「明日の朝、神田明神《かんだみようじん》の鳥居のそばで会うことになっていた」

「頭巾の侍はまだ襲撃に失敗したことを知らないな」

「いや知っている。どこかから見ていたはずだ」

「そうか」

直次郎は呟き、

「依頼主はわからぬ。この者はどうする？」

と、左団次にきいた。

「放してやれ」

「わかった。行け」

直次郎が浪人を放した。

浪人は一目散に逃げていった。

「どうして左団次のそばにいなかったので」

長兵衛は直次郎にきいた。

「権太が芝の神明町で喧嘩に巻き込まれていると報せにきた者がいた。それで駆けつけたが、嘘だった」

「何者かが誘《おび》き出したんですね」

今夜の襲撃は用意周到に企てられたのだ。

「そうだ。帰ってきたら、左団次はとうに出かけたあとだった」

「いずれにしろ、長兵衛のおかげで助かった。俺に用があったのか。助けてもらった礼だ。ついてこい」

左団次は先に立って歩き出した。


左団次の家の客間で、長兵衛は左団次と差向かいになった。

「何が知りたいのだ?」

「『守田屋』から証文を手に入れて、相川長門守の屋敷に行ったそうではないか」

「ああ、行った」

「『守田屋』に代わって二百五十両を受け取ったそうだが、その金はどうした？ ちゃんと『守田屋』に返したか」

「最初の要求は五百両だ。その不足分をもらっただけだ」

「勝手な理屈だ」

「考え方の違いだ」

「考え方？ そういうものではないだろう。まあ、ひとまず置いておく」

長兵衛は呆れながらも、

「なぜ、相川長門守の名を出したのだ？」

「特に理由はない」

「そんなはずはない、大勢の旗本から相川長門守を選んだのだ。何かあるはずだ」

「勝手に決め付けられては困る」

左団次は苦笑した。

「相川長門守は納戸役だそうだ。知っていたか」

「知らない」

「相川長門守にはある疑いがあった」

「なんだ？」

「献上品や将軍家の調度品をくすねていたそうだ。当然、それをどこかで金に替えているだろう」

左団次は煙草入れを取り出し、煙草盆を引き寄せた。

「どの旗本も役目でのうまい汁を吸っているんだ。大なり小なり刻みを詰め、火を点《つ》ける。

「ところで、周泡だが、奥坊主の身内なんだな」

「そうだ。奥坊主が料理屋の女に産ませた子だ。どこかで聞いたことがあろう。そう、俺と同じだ」

「………」

「ただ違うのは、周泡の父親はある大名の恨みを買って暗殺された」

「暗殺？」

「お濠に浮かんでいたそうだ。事故ということになっているが、付け届けが少ない大名の悪口を老中に吹き込んでいた、そのことを知った大名は激怒した。死んだのがそれからすぐだったので、その大名が手をまわして殺したのではないかという噂が立った」

左団次は煙草の煙を吐き、

「可哀《かわい》そうに、周泡は父親が亡くなり、よりどころを失い、やくざな暮らしに陥ったというわけだ」

「そうか」

長兵衛は頷き、

「権太は？」

「最初から親はいねえ。孤児だ。子どもの頃から掏摸《すり》やかっぱらいをしてきた男だ」

「その他にも若い連中が集まっているが？」

「同じような連中が集まってきたんだ。頼ってこられれば断れねえ。長兵衛もそうだろうよ、勝五郎のことでもよくわかる」

「大きく違うところがある」

「なんだ？」

「お天道《てんとう》さまに顔向け出来ねえことはしないということだ」

「ふん」

左団次は鼻で笑った。

「大江直次郎さんは？」

「知らないと言ったはずだ。自分のことは何も言わない」

「どういう縁で仲間に？」

「今日のように何者かに襲われたことがあった。そのとき助けてくれたのが直次郎だ」

ふと、左団次は苦笑し、

「不思議だぜ。どうしておまえさんにはべらべら喋ってしまうのだろう」

「そんなに喋ってくれるなら教えてくれ」

長兵衛は身を乗り出し、

「上州の定九郎と文太を斬ったのは大江直次郎か」

と、声を落としてきいた。

「違う」

左団次は言下に否定した。

「おまえさんが知らないだけで……」

「あのふたりを殺す理由はない」

長兵衛は間を置いてから、

「俺のことで、普請奉行に手をまわしたか」

「普請奉行？　なんのことだ？」

「護岸工事を『幡随院』が請け負うことに決まりかけていたが、急に取り止めになった」

「それを、俺が手をまわしたと思っているのか」

「……」

「どうなんだ？」

「いや、違うようだ」

「当たり前だ。『幡随院』に何か問題があったのではないか。そうだ、勝五郎を知られたのではないのか」

「勝五郎……」

呟きながら、長兵衛は筒井亀之助の顔を脳裏に蘇《よみがえ》らせた。しかし、あの男に普請奉行を動かせる力があるとは思えない。

では、またぞろ、どこかの口入れ屋が普請奉行に賄賂を贈ったか。しかし、不正があって普請奉行は交替したばかりだ。

「どうした?」

「えっ?」

「急に黙りこくってしまったのでな」

「いや」

長兵衛は我に返ったように、腰を上げた。

「また長居をしてしまった。これで失礼する」

「そうか」

左団次も立ち上がり、

「また、会おう。今度は酒を酌み交わすか」

「いや、敵同士だ。やめておこう」

「俺は気にしないが」

「おまえさんが悪事をやめるときまでお預けだ」

長兵衛はそう言い部屋を出た。


木挽町から京橋を渡り、大通りを急ぎ、日本橋を渡る。そして、本町から本町通りに入り、浅草御門に向かう。

本町通りの木綿問屋などは大戸が閉まり、人通りも少ない。

大伝馬町《おおでんまちょう》にさしかかったとき、寂しそうな笛の音が聞こえた。按摩の笛だ。徳の市だろうか。

笛の音に誘われるまま、長兵衛は横町を曲がった。さらにいくつか曲がったが、笛の音に追いつけなかった。

気がつくと、人形町通りに来ていた。前方に、『小染』の提灯《ちょうちん》の灯が輝いていた。もう笛の音は消えていた。

親父が呼び入れたのかもしれない。

長兵衛はそのまま引き上げた。

それから、半刻（一時間）後。長兵衛は『幡随院』に帰り着き、着替えてから居間で酒を呑んだ。

「おまえさん。お疲れではないかえ」

お蝶が気づかう。

「いや、疲れちゃいねえ。ただ、店のことはおめえと吉五郎に任せ切りで、自分の都合で動き回っているんで、悪いな」

「そんなことはいいんだよ」

お蝶は長兵衛の猪口に酒を注ぎ、

「だけど、近頃ひとりで出歩くことが多いから心配なんだよ。誰か連れておいきよ」

「なあに、危ないところは行かないからな。ただ」

采女が原で左団次が襲われたことが蘇った。左団次を暗殺しようとする輩は多いかもしれない。

「じつはきょう、左団次が三人組の浪人に襲われた。左団次は常に狙われることを読んでいるようだ。かなりの者に恨みを買っているだろうからな」

「おまえさん。左団次を襲う者がすべて恨みからとは限らないんじゃないかしら。左団次の悪事を阻止しようとしたら、左団次を殺せばいい」

「悪事を阻止？」

長兵衛ははっとしてお蝶の顔を見た。

左団次の悪事をやめさせる方策はなかなか思いつかなかったが、暗殺という手立てがあったのだ。

だが、それをしなければならない者といえば……。

「まさか」

長兵衛は思わず声を高めた。

「奉行所が……」

「このまま左団次の悪事が横行していったら、いつか奉行所に非難が向くようになるわ。左団次を取り締まることが出来ないんですからね」

「しかし、いくらなんでも奉行所がそこまで……」

長兵衛の声は途中で止まった。

ありえないことではない。この先、左団次はどんどん過激になっていくかもしれない。それを野放しにしていた責任はお奉行にあるということになる。

「今はまだ考えていなくても、いつか奉行所から暗殺者が放たれるかもしれない。左団次が殺されても下手人はわからず仕舞いということに」

「………」

「おまえさん。このことを話して左団次さんを改心させたら」

「いや。左団次のことだ。今のことも織り込み済みなのかもしれない。それに左団次には大江直次郎という凄腕の用心棒がついている。奉行所が放った刺客は殺されても、奉行所は何も出来ないのだ」

長兵衛は息を吞んだ。

「事態がそこまでいってしまったら……」

「おまえさん。今のうちに手を打っておく必要があるんじゃないのかえ」

「………」

やはり、左団次を説き伏せねばならない。

そのとき、庭から怒号が聞こえた。

「なにかしら」

お蝶が耳をそばだてた。

長兵衛は立ち上がり、勝手口から庭に出た。

庭に子分たちが集まっている。その輪の中に、男がしゃがんでいた。

「どうした？」

「あっ、親分」

吉五郎が振り返った。

「この男が屋敷に潜り込んできたんです」

「何者だ？」

「勝五郎に会いにきたんです」

「なに、勝五郎に？」

勝五郎が近寄ってきた。

「この男は丈八一家の者です」

「定九郎と文太の仲間か」

長兵衛は男にきいた。

男は頷いた。

「おまえさん、名は？」

「伝六《でんろく》です」

男は観念したように顔を上げた。まだ、若い。二十二、三歳だ。

「ひとりか」

「へえ」

「他に仲間がいたんじゃないのか」

「へえ、ふたり」

「丈八一家の者は江戸に何人来ていたのだ？」

「定九郎と文太兄ぃを入れて五人です」

「五人もいたのか。しかし、残りの者は定九郎と文太の遺骨を持って上州に帰ったと聞いたが？」

「あっしだけ残りました」

「なぜだ？」

「勝五郎に会うためです」

「他のふたりは諦めて帰ったということか」

「へえ」

「おまえは諦められなかったのか」

「…………」

「無謀だと思わなかったのか」

長兵衛は哀れむように見て、

「勝五郎を殺れば男を上げられると思ったのか」

と、きいた。

「違います」

「では、なぜだ？」

「…………」

「定九郎と文太兄ぃが可哀そうで」

「殺されたことがか」

「御代官手付の筒井さまが以前、必ず栄五郎を捕縛すると約束してくれたんです。兄ぃたちは栄五郎を捕縛してもらうために、筒井さまに五十両を作って差し上げたんです。それなのに……」

「待て。五十両が定九郎と文太から筒井亀之助さまに渡っているというのか」

「奉行所を動かすには金がかかると仰って」

「栄五郎が捕縛出来ないと知って、定九郎と文太はどうしたのだ？　筒井さまに金を返せと迫ったか」

「ええ、返してもらったはずです」

「それは誰から聞いたのだ？」

「筒井さまです」

「筒井さまがふたりに金を返したと言っていたのだな。しかし、斬られたふたりは金を持っていなかったはずだ」

長兵衛は首を傾げた。

「親分」

吉五郎が厳しい顔で、

「そもそも金を受け取るというのも妙ですぜ」

「うむ。こいつはとんだことに……。左団次絡みだと見ていたので奉行所は下手人の探索が及び腰になっていたんだ。そうじゃなければ、もっと金のことだって調べたはずだ」

長兵衛は不審を募らせて、

「伝六、おまえは誰が定九郎と文太を殺したと思っているのだ？　思うところを言ってみろ」

「へい。何の証もありませんが、筒井さまが……」

「ふたりは筒井さまに斬られたと？」

「ふたりが鉄砲洲稲荷に行ったのは筒井さまに会うためだったに違いありません」

「しかし、筒井さまの屋敷は本所だ。鉄砲洲稲荷は方向が違う」

そこまで言ってから、

「そうか」

と、気づいた。

「おまえさん、勝五郎を殺りにきたのではなく、ほんとうに勝五郎に会いにきただけのようだな」

「へい」

「俺に何の用だ？」

勝五郎が問いつめる。

「長兵衛親分に定九郎と文太兄ぃの仇を討ってもらいたいと、勝五郎から頼んでもらおうと」

「なぜ、直接俺のところに言ってこなかった?」

「長兵衛親分にあっしがこんなことを頼めるはずはありません。だから、勝五郎に……」

伝六は長兵衛の前で額を地べたにくっつけるようにして、

「お願いです。定九郎と文太兄ぃの仇を」

その必死な姿を見て、

「どうやら本気らしいな」

と、長兵衛は言った。

「よし、わかった。筒井亀之助が殺しに関わっているかどうか調べてみよう」

「ありがとうございます」

「ほんとうに勝五郎に危害を加えようという気はないんだな」

「ありません。ただ恩義のある定九郎と文太兄ぃに言われるままに動いていただけですから」

「そうか。わかった」

長兵衛は吉五郎に向かい、

「もう夜も更けた。今夜は泊めてやれ」

「わかりました」

「勝五郎、面倒をみてやれ」

「へい」

勝五郎は大きく頷き、伝六に立ち上がるように促した。ようやく、雲間から月影が射《さ》してきた。


翌朝、長兵衛は吾平を連れて本所南割下水にある筒井亀之助の屋敷を訪ねた。

若党が出てきた。

「筒井さまにお会いしたい」

「少々お待ちを」

すぐに戻ってきて、玄関脇の客間に通した。

待つほどのこともなく、亀之助が現れた。

「これから郡代《ぐんだい》屋敷に出かけるところだ。用件は手短に願おう」

「わかりました」

長兵衛は軽く頷き、

「じつは丈八一家の定九郎と文太のふたりが殺された件で」

と、切り出した。

亀之助は不快そうに顔を歪め、

「なぜ、そんな話をわしに持ってくるのだ。調べは奉行所が行っている」

と、突き放すように言う。

「しかし、筒井さまは大前田栄五郎のことではふたりと手を組んでおられましたので
は」

「だが、おぬしの邪魔で、栄五郎を捕らえることに失敗した」

「恐れ入ります」

長兵衛は詫びるように頭を下げて、

「じつは、定九郎と文太らしい男が、頭巾をかぶった侍と鉄砲洲稲荷の鳥居のそばにいたそうです。どうやら、そこで待ち合わせていたようで」

「定九郎と文太だとはっきりしているのか」

「おそらく、間違いないだろうと」

「暗くて顔などわからなかったはずだ」

「暗いとどうしてわかるのですかえ」

「夜だ。暗いのは当たり前だ」

「月が出ていたら」

「月影が射さない場所にいれば……」

「どうして月影が射さない場所だと？」

「人目を避けるなら暗い場所で会うだろう」

「定九郎と文太は人目を避けて、頭巾をかぶった侍と会っていたとお考えですか」

「いや、そういうわけではない。定九郎と文太かどうか、わからないと言いたいだけだ」

「そうですか」

長兵衛は間を置き、

「じつは昨夜、『幡随院』に賊が忍び込みました」

「…………」

「伝六という男です」

「伝六？」

亀之助は微かに眉根を寄せ、

「伝六なら上州に帰ったはずだ」

「自分だけ残ったそうです」

「…………」

亀之助は不安そうな表情である。

「定九郎と文太のためにも勝五郎を殺ると誓って江戸に残り、昨夜『幡随院』に忍び込んだというわけです」

「ばかな。もう諦めると言っていたのだ」

「一度はそう思い、遺骨を持って上州に帰ろうとしたそうです。でも、定九郎と文太の無念を思い、江戸に残ることにしたと」

「それほどまでに勝五郎のことが憎かったのか」

そうじゃない、無念の矛先はあんただという言葉を呑み込み、

「そうそう、そのとき伝六が妙なことを言ってました」

「妙なこと？」

「はい。定九郎と文太は五十両を筒井さまに渡したと……」

「なにをばかな」

亀之助は目を泳がせて吐き捨てた。

「違いますか」

「当たり前だ」

「その五十両は、大前田栄五郎を御代官手付として必ず捕まえるという約束の金だとか。だから、その約束が果たせないのなら返すのが筋だと。伝六がそのお金のことを確かめたら、筒井さまは返したと仰ったそうですね」

「長兵衛、何が言いたいのだ」

「定九郎と文太は死んだとき、金を持っていませんでした」

「それは、わしと定九郎と文太との間のことで、長兵衛が口出しするようなことではない」

「しかし、そのことが定九郎と文太殺しに大きく関わっているかもしれないのです」

「ばかな」

「死んだとき、定九郎と文太が金を持っていなかったのは、まだ金を返してもらう前だったからではないんでしょうか」

「…………」

「これは想像でしかありませんが、定九郎と文太が鉄砲洲稲荷に行ったのは五十両を返してもらうためだったのではないでしょうか」

「長兵衛、何が言いたいのだ？」

「頭巾を被った侍というのは筒井さまではなかったかと」

「何を言うかと思えば」

亀之助は頰を引きつらせ、

「わしがなぜ、ふたりに会うために鉄砲洲稲荷まで出向かねばならぬのだ。本所から離れている」

「木挽町には近いですぜ」

「なに」

「烏丸の左団次に匿われたために勝五郎の捕縛が難しくなったと悟った筒井さまは、定九郎と文太にそのことを告げた。すると、ふたりは約束が違う、金を返せと迫った。いかがですか」

「もっともらしい作り話だ。聞く気にもならぬ」

「そう仰らず、聞いてください」

長兵衛は構わず続ける。

「定九郎と文太は金を返さないのなら代官に訴えると脅した。やむなく、筒井さまは鉄砲洲稲荷で待ち合わせて金を渡すと約束した。そして、そこで筒井さまはふたりの隙を窺い、斬りつけた」

「ばかばかしい」

亀之助は口元を歪めた。

「鉄砲洲稲荷の近くで斬ったのは疑いを烏丸の左団次のほうに向けるためです。大江直次郎が下手人なら奉行所も探索がしづらくなる。そこが狙い目だったのです」

「長兵衛、何の恨みがあってそのようなことを」

「筒井さまに何の恨みもありません」

「では、なぜ、このようなことを」

「真実を知りたいだけです」

「きれいごとを言うな。護岸工事の請負をわしが邪魔したと思っての意趣返しであろうが」

亀之助は取り乱して怒鳴った。

「今、なんと？」

身を乗り出し、問いつめるように迫る。

「護岸工事の請負ですって」

亀之助ははっとして、

「いや、なんでもない」

と、あわてて口を濁した。

「なぜ、護岸工事の請負のことをご存じなのですか」

「つい、あらぬことを口走っただけだ。忘れろ」

「いえ。聞き捨てなりません。なぜ、護岸工事の請負のことを。ひょっとして、筒井さまが何か画策して『幡随院』が外されたのでは……」

亀之助は苦しげな表情をした。

「そうなのですね」

「なにを根拠にそのようなことを考えるのだ。わしにそんな力はない」

「筒井さまは代官が代われば御代官手付の役も解かれ、元の小普請組《こぶしんぐみ》に戻られることになるのですね」

「…………」

「新たに御番入《ごばんい》りを望んで、逢対日《あいたいび》には組頭さまへ……」

長兵衛ははたと気づくことがあった。

「組頭さまへの賄賂ですね」

「…………」

「定九郎と文太から受け取った五十両はお役にありつくための賄賂に使ったのではありませんか。だから、ふたりに返す金はすでになかった」

「長兵衛、そなたは何か勘違いしている」

亀之助の声が弱々しかった。

長兵衛は思いだした。

「昨夜、烏丸の左団次は三人組の浪人に襲われました。襲撃は失敗に終わりましたが……。三人組のひとりは頭巾をかぶった侍から十両で頼まれたと白状しました。その頭巾の侍もまた筒井さまでは？」

「違う、それは違う」

亀之助は必死の形相だ。

「十両を出す余裕はない」

「五十両、すべて賄賂に使ったからですかえ」

「…………」

「左団次を襲わせたのは、わしではない」

亀之助は青ざめた顔で言う。

「定九郎と文太殺しは認めるんですね」

長兵衛は追い詰めた。

うなだれた亀之助の肩が微かに震えていた。膝に置いた両拳《りょうこぶし》を強く握りしめている。

その姿は罪を認めたも同然だった。

第四章　暗殺者

一

翌日、朝餉《あさげ》を摂《と》り終え、居間で煙草を吸っていると、お蝶が外出先から帰ってきた。

「おかねさんの相談ってなんだったんだ？」

おかねは聖天町にある小間物屋の内儀だ。

「いつものこと。今度こそ、別れると言って泣き喚いて」

お蝶が苦笑する。

「何があったんだ？」

「卓三《たくぞう》さんが昨夜帰らなかったんですって。女が出来たのだと、勝手に決め付けて」

「おかねさんはお蝶より年上だろう」

「ええ、でも、私を姉さんだと思っているみたい」

「朝から難儀なことだ。で、なんとか落ち着いたのか」

「卓三さんが帰ってきたのよ」

「なんて言い訳を？」

「それが、本郷の小間物問屋の『京屋《きようや》』で、きのうちょっとした騒ぎがあったんですって」

長兵衛は新しく煙管に刻みを詰めて火を点け、

「まあ、夫婦喧嘩の顚末《てんまつ》を聞いても仕方ねえ」

と、お蝶の話を遮った。

「そうじゃないんだよ、おまえさん。左団次が現れたそうよ」

「なんだと」

「『京屋』に旗本のご用人がやってきて、簪《かんざし》と鼈甲《べつこう》の櫛《くし》などを買い求めたあと、代金は屋敷にとりにくるようにと。で、居合わせた卓三さんは怪しいと思って旦那に耳打ちしたんですって。それで、卓三さんが簪と櫛を預かって、ご用人といっしょに旗本の屋敷までついていき……」

お蝶は続ける。

「旗本の屋敷に着くと、ちょうど門の中からお侍が出てきたので、卓三さんが声をかけたら、用人と名乗ったお侍はいつの間にか姿を消して……」

「卓三さんの機転で被害を免れたか」

「ええ、それで小間物問屋の旦那が酒を振る舞ってくれて、酔いつぶれてしまったんですって。それをおかねさんは女のところだと」

お蝶も苦笑いだ。

「だが、危険だ。途中で、卓三さんに襲いかかって品物を奪おうとしたかもしれない」

長兵衛は鋭い声で言う。

「でも、左団次はひとに危害を加えないんでしょう」

「左団次はそうだ。だが、その旗本の用人は左団次ではない」

「えっ」

「左団次にしてはお粗末過ぎる」

「じゃあ、誰かが左団次の真似をして……」

お蝶は目を丸くした。

「そうだ。たまたま、危険な連中ではなかったから助かったが、帰りに襲われたとしても不思議じゃねえ」

「卓三さん、聞いたら腰を抜かすわ」

「卓三さんは左団次のことを知っていたのか」

「だって、近頃は髪結い床でも湯屋でも噂になっているそうよ」

「そんなに噂に?」

「ええ。烏丸の左団次の噂話で盛り上がるそうよ」

だんだん、世間も烏丸の左団次について知るようになってきたのか。だが、ここに来て急に広まったような気がする。

「どんな噂になっているのか、誰かに聞いてみよう」

長兵衛は腰を上げた。

「おまえさん、だめだよ」

「だめ？」

「おまえさんは親分なんだ。親分らしくしなきゃ」

「そうか」

長兵衛は再び腰を下ろし、手を叩いた。

女中が襖を開けて顔を出した。

「吉五郎を呼んでくれ」

「はい」

ほどなく、吉五郎がやってきた。

「親分、お呼びだそうで」

「入れ」

「へい」

襖を開けて、吉五郎が入ってきた。

「近頃、髪結い床や湯屋で、左団次の噂が出ているそうだが、知っているか」

「へえ、若い者がそんなことを言ってました」

「どんな噂なんだ？」

「左団次っていう烏丸検校のお妾の子が、烏丸検校の威を借りて詐欺や強請りを働いているってことです」

「かなり正確なようだな」

「おそらく、被害にあった者が言いふらしているのでしょう」

「そうか」

「親分、それが何か」

「いや、ここに来て急に噂が広まったような気がしたのでな」

「そういえば、そうですね」

「もういいぜ」

「親分、護岸工事請負差し止めの件は、筒井さまの仕業というのはほんとうですかえ」

「間違いない。筒井さまの上役になる小普請組頭は普請奉行と親しいそうだ。その上役に賄賂を贈っていた。その際、組頭にいろいろ頼んだのだろう」

「そうですかえ。で、定九郎と文太殺しの件はどうするんですね」

「筒井さまに自訴するように言ってある」

「受け入れるとは思えませんが」

吉五郎は首を傾げる。

「おまえさん」

お蝶が口を挟んだ。

「河下の旦那には話しておいたほうがいいんじゃないか」

「そうだな」

長兵衛は筒井亀之助を信じたい気持ちではあったが、果たして自訴してくれるかどうか……。

「わかった。河下さまに話しておこう」

「じゃあ、自身番に声をかけてきましょうか」

吉五郎は腰を上げた。

定町廻り同心は受け持ちの町々の自身番に顔を出して、変わったことがないかきいてまわっている。自身番に言づけておけば、いつか又十郎はここにやってくる。

「吉五郎」

長兵衛は呼び止めた。

「へえ」

吉五郎は振り返る。

「伝六はどうしている?」

「へえ、なんだか勝五郎と気が合ったみたいで」

「そうか。まあ、好きなだけ居てもらえ」

「わかりました」

吉五郎が部屋を出ていった。

「これから、左団次のところに行ってみる」

長兵衛は立ち上がった。

「奉行所からも命を狙われる危険があることを伝えたほうがいいわ」

「わかった」

着替えのために隣の部屋に行きかけると、吉五郎が戻ってきて襖を開けた。

「親分」

「どうしたんだ、そんな腑に落ちないような顔をして」

「左団次がやってきました」

「なに、左団次が？」

「客間に通しておきますか」

「そうしてくれ」

これから出向こうとしていたところだったので、不思議な気がした。左団次に何かあったのか。

「私もあとでご挨拶に」

お蝶が言った。

客間に行くと、きょうは左団次ひとりだった。

長兵衛は左団次と差向かいになった。

「じつはこれからおまえさんのところに行こうとしていたんだ」

「そうか。虫の知らせか」

左団次は笑った。

「何かあったのか」

「違う。向島《むこうじま》の帰りだ」

「向島の？」

「寺島《てらじま》村に烏丸検校の寮がある。昨夜そこに泊まり、今朝寮を出て、竹屋《たけや》の渡しで山谷《さんや》堀《ぼり》まで戻ってきた。そこから舟で帰ろうとしたがおぬしのことを思い出してな」

「そいつは光栄だぜ」

長兵衛は大仰に返す。

「見え透いたことを」

「いや、半分は本当だ」

「半分か」

「あとの半分は自分でもよくわからない」

「そうか。じつは俺もそんな感じだ」

「…………」

「俺は別段用事があったわけではない。おぬしのほうの話を聞こう」

「いくつかあるが、その前に確かめたい。向島にはいつから行っていたのだ?」

「昨日の夕方からだ」

「じゃあ、夜は寮で?」

「そうだ」

「じつは昨夕、本郷の小間物問屋に偽の左団次が現れた。高級な簪と櫛をだましとろうとしたそうだ」

「やられたのか」

「いや、気づいて難を逃れたそうだ」

「そうか、それはよかった」

「これからも便乗する輩が出てくるだろう」

「…………」

「なんとも思わないか」

「いや」

「それはそうと、向島の寮にはひとりで行ったのか」

「ひとりだ」

「大江直次郎さんは？」

「山谷堀まで送ってもらった」

「なぜ、寮まで送ってもらわぬ。万が一のことを考えたら」

「烏丸検校と会うときはいつも俺ひとりだ」

「危険ではないのか。この前も襲われた。おまえさんを狙っている輩はたくさんいる」

「心配ない。向島の寮の場所は誰も知らない。俺と親父だけで会う」

「親子水入らずか」

長兵衛は頷いてからきいた。

「采女が原で襲ってきた浪人たちの依頼人に見当はついているのか」

「相川長門守あたりではないか」

左団次が首を傾げて言う。

「そういう考えもあるか」

「違うのか」

「御代官手付の筒井亀之助のことだ」

「勝五郎を追ってきた侍か」

左団次は眉根を寄せた。

「筒井亀之助が丈八一家の定九郎と文太を斬ったのだ」

長兵衛は事情を話した。

「鉄砲洲稲荷の近くで斬ったのは疑いを大江直次郎さんに向けさせるためだ。その狙いは的中した。奉行所は左団次に手が出せず、探索もおざなりになった」

「俺たちはうまく利用されたってわけか」

「そうだ」

長兵衛はさらに続ける。

「じつは俺が心配しているのは奉行所だ。このままではいずれ、烏丸の左団次を野放しにしていることで、お奉行に非難が集まる。無能の烙印《らくいん》が押されたらお奉行の交替ということになりかねない」

「そんなことはない」

左団次は落ち着いている。

「お奉行が刺客を送ることはないというのか」

「そうだ」

「どうして、そう言えるのだ？」

「………」

「そろそろ潮時ではないか」

長兵衛は口にした。

「それに、おまえさんが無傷でいられるのも烏丸検校がいるからだ。もし検校がいなくなったらたちまち潰されてしまう」

「烏丸検校はまだ五十を過ぎたばかりだ。死ぬような歳ではない」

「おまえさんが狙われるように、烏丸検校が狙われることはないのか」

「…………」

左団次はまた黙った。

長兵衛はここぞとばかりに、

「かなり溜《た》め込んだはずだ。その金を元手に商売をはじめてはどうだ」

と、強く訴えた。

「俺はずっとやくざな暮しをしてきた。烏丸検校と親子の名乗りを上げてからも、俺の性根は変わっちゃいない。そんな俺が堅気の商売が出来ると思うか」

「出来る。あっしもそのためなら手を貸す」

「なぜ、俺の心配をする？」

「別におまえさんの心配をしているわけではないぜ。町の衆が被害を被るのを避けたいだけだ」

長兵衛が言ったとき、失礼しますと声がして襖が開いた。

お蝶が入ってきた。

左団次は目を瞠《みは》る。

「おかみさんか」

「はい、お蝶と申します」

「うちのひとがお世話になっています」

「烏丸の左団次だ」

「世話などしちゃいませんぜ」

左団次が笑った。

「そうでもありませんよ。うちのひとは左団次さんをずいぶん気にかけていますからね。それだけ、左団次さんから何か感じるものがあるんですよ」

「………」

左団次は笑みを引っ込めて押し黙った。

長兵衛は妙に思った。

「左団次さんはお侍の格好もするそうですね」

お蝶がきいた。

「まあ」

「変装は得意なんですね」

「まあ」

「ひょっとして、左団次さんは旅芸人の一座にいたことがあるんじゃないかしら」

「どうして、そうお思いに？」

「なんとなく仕草が芝居がかっているような気がして」

「参りました」

左団次は苦笑した。

「仰るとおり、あっしは十五歳くらいから二十歳まで旅芸人の一座に厄介になっていた。いちおう役者としてね」

「やっぱり」

「おかみさんは……」

左団次が口を開いたが、あとの言葉が続かない。

「なんですね」

お蝶は笑いながらきいた。

「いや、おかみさんはべっぴんだが、恐ろしい女子《おなご》だと……」

「恐ろしい？」

「さあ、そろそろ引き上げるとするか」

左団次はいきなり立ち上がった。

「まだ、いいじゃありませんか」

「いや、ついでにちょっと寄っただけなので。それにおかみさんの炯眼《けいがん》が怖い」

左団次は冗談めかして応じた。

「左団次さん」

長兵衛は戸口まで見送って、

「ひとりでは危険だ。誰かつけよう」

「お天道さまが見ているのに無茶をする者もあるまいよ。それに、山谷堀まで戻って舟に乗るから」

左団次は言って、長兵衛を見つめ、

「長兵衛、いい女房を持ったものだ」

「おまえさんだって、いいおかみさんがいるではないか」

「そうだな」

左団次は頷き、

「じゃあ、また会おう」

山谷堀に向かう左団次を見送り、長兵衛は居間に戻った。

「お蝶のことを褒めていたな」

「おまえさん、あのひと、ただの悪党じゃないわ」

お蝶は鋭い目をしている。

「烏丸の左団次の被害に遭った相川長門守さまに、お大名からの献上品をくすねたという疑いがかかったことがあったそうね」

「うむ。それがどうした？」

「一度、左団次の被害に遭ったところを調べてみたほうがいいかもしれないわ」

お蝶は何かを見つめるように虚空を睨んだ。おかみさんの炯眼が怖い――左団次の言葉を長兵衛は思いだしていた。

二

昼過ぎ、お蝶が吉五郎とともに奉公人の派遣のことで得意先の旗本の屋敷に出かけたあと、河下又十郎がやって来た。

客間で又十郎と差向かいになった。

「話とはなんだ？」

「はい。御代官手付の筒井亀之助さまの件で」

「うむ。突然のことだったらしいな」

「突然のこと？」

長兵衛は胸騒ぎがした。

「筒井さまに何かあったのですか」

「知らなかったのか。筒井どのは昨日、亡くなられた」

「なんですって」

「病死だ」

「違うっ」

思わず叫んだ。

「何が違うのだ？」

自害だと言おうとして思い止《とど》まった。

「いえ、なんでもありません」

定九郎と文太殺しで自訴しても死罪は免れなかったろう。家人が公儀には病死として届けたのだろうが、亀之助は筒井家を守るために自害したのだ。頭巾の侍の正体はわからないままということになる。

「傲岸な男だったが、こうなってみると哀れだ」

「はい……」

長兵衛はしんみりした。

亀之助を自害に向かわせたのはこの俺だ。定九郎と文太殺しで追及し、左団次を襲わせた件でも問いつめた。

「で、筒井どののことで何か」

又十郎がきいた。

「いいえ、もうお亡くなりになったのであれば詮ないことですので」

「なんだ、どんなことだ？」

「ええ」

長兵衛は迷ったが、又十郎には打ち明けておいたほうがいいと考え直した。

「じつは、筒井さまは定九郎と文太から五十両を受け取り、勝五郎の捕縛を約束しましたが、それが左団次に阻まれて……」

長兵衛は事情を話した。

「では、あの殺しは筒井どのが？」

「そうです。あっしは筒井さまに自訴するように頼みました」

「……自害か」

又十郎は呟いた。

「自らの死でもって、定九郎と文太殺しの真相を隠蔽し、筒井家を守ったのでしょう」

「筒井どのには十歳の長男がいる。おそらく、その子が筒井家を継ぐのであろう」

「河下さま。こうなっては定九郎と文太殺しの真相は闇に葬られてしまいます。ただ、左団次のところにいる大江直次郎さんに疑いがかかっているとなると、大江さんの名誉にも関わります。どうか、このことを」

「わかった。掛かりの同心に伝えておく。探索はしていないが、疑いを向けたままなのは決していいことではないからな」

「よろしくお願いいたします。ほんとうなら、真実を明らかにし、定九郎と文太の無念を晴らしてやるべきなのでしょうが」

「うむ」

又十郎も頷き、

「筒井どのが死んで詫びたということで、定九郎と文太には納得してもらうしかないな」

と、冷めたように言った。

長兵衛もすっきりしなかったが、これ以上ことを荒立てて筒井家が潰れることになるのは避けたかった。

しばらく、亀之助の冥福を祈るように沈黙が続いたあとで、長兵衛は切り出した。

「今、左団次を殺《や》ろうという輩が暗躍しているようです。おとついも、三人の浪人に襲われました。左団次に手痛い目に遭った旗本たちが意趣返しに刺客を放つかもしれません」

「うむ」

「ところが、今の状態が続けば、今後一番手痛い目に遭うお方が別にいます。どなたかわかりますかえ」

長兵衛は又十郎の顔を見据える。

「誰だ？」

「お奉行ですよ。南北のお奉行」

「………」

「このままなら、左団次に何も手出しが出来ない奉行所に非難が集まるんじゃないですかえ。果ては、お奉行の交替」

「長兵衛、何を考えているのだ」

又十郎は眦をつり上げた。

「奉行所が左団次に刺客を送るとでも言うのか」

「奉行所ではありません。お奉行とそこに近い人物。あくまでもこういうことも考えられるという話ですが」

「ありえぬ」

「どうしてですか」

「確かに左団次には手が出せず、我らも悔しい思いをしている。しかし、町の衆からの抗議はあまりない」

「………」

「左団次を野放しにしておいていいのか、なんとかしろという苦情をきいたことはないのだ。なぜだか、わかるか」

「なぜですか」

「被害に遭っているのは旗本や豪商ばかりだからだ」

「………」

「かえって溜飲《りゅういん》を下げているところもあるのだろう」

又十郎は長兵衛をなだめるように、

「おぬしが危惧していることはわかるが、我らはそれほど追い詰められてはいない。もちろん、左団次にいいようにやられて口惜しいが……」

「でも、最近になって、左団次の噂が広がりだしているようではありませんか。髪結い床でも湯屋でも」

「うむ、そのことは不思議だが」

又十郎は首を傾げ、

「いずれにしろ、お奉行にとって、おぬしが考えるほど、厳しい状況ではない。一度、御老中からきかれたが、烏丸検校のことを持ちだすと、かえってお奉行に同情しておられたそうだ。幕閣も事情はわかっているのでそれ以上の追及はなかったという。だからといって、左団次の横行を容認しているわけではない」

又十郎は表情を引き締め、

「お奉行が左団次に刺客を送ることは断じてない」

と、言い切った。

「そうですか」

長兵衛は首をひねった。

「納戸組頭の相川長門守さまに大名からの献上品をくすねたという疑いがかかったことがあったと仰っていましたね」

「噂だけだからな」

「なぜ、そのような噂が？」

「札差の『守田屋』の娘が、どこかの大名が献上した特別の友禅であつらえた着物を着ていたらしい。『守田屋』は相川長門守さまと付き合いがあるから、そのような噂が出たのであろうということだ」

「なるほど」

長兵衛はお蝶の言葉を思いだした。一度、左団次の被害に遭ったところを調べてみたほうがいいかもしれない、お蝶はそう言った。

「清川与兵衛さまと旗本大木隼人さまのお役目、または相川長門守さまと親しい間柄かどうか調べていただけませんか」

「何かあるのか」

「もし、相川さまが献上品の反物をくすねたとしたら市中の呉服問屋に流すのではありませんか」

「もしや、左団次が『加賀屋』から騙し取った友禅は献上品だったと?」

「証があるわけではありません。でも、調べてみる価値はあるかと」

「『坂田屋』から騙し取った反物は、確か長兵衛のところに返しにきたのだったな」

「ええ。あのときはあっしをからかったのかと思っていましたが、今思えば、見込みが外れて献上品ではなかったから返したのかもしれません」

「うむ。ともかく、『加賀屋』に行ってみる。正直に打ち明けるとは思えぬが、主人の反応で何かわかるかもしれぬ」

「あっしもごいっしょさせてください」

「いいだろう」

長兵衛は吾平に、

「俺は東仲町の『加賀屋』に行ってくる。お蝶と吉五郎がいないが、あとを頼んだ。困ったことがあったら、『加賀屋』まで呼びにきてくれ」

「へい。わかりました」

吾平は応じた。

四半刻（三十分）後、長兵衛と又十郎は『加賀屋』の客間で、主人と番頭と向かい合っていた。

「加賀屋、ききたいこととは、先日の烏丸の左団次に騙し取られた友禅のことだ」

又十郎が切り出した。

「見つかったのでしょうか」

加賀屋がきいた。

「いや。まだだ」

「そうですか」

「あの友禅だが、どこから仕入れたのだな」

「あれは京の仲買人からですが、それが何か」

「名は？」

「えっ？」

「仲買人の名だ？」

「………」

「どうした？」

「じつはあまり取引のない仲買人でして……」

「名前を忘れたと？」

「はい」

「番頭、おぬしは？」

「私も思いだせません」

番頭は目を伏せた。

「そんなわけのわからない者からあのような高価な友禅を仕入れたのか」

「いえ、以前にも取引がありましたので」

加賀屋は小さな声で答える。

「それなのに名前を覚えていないのか」

「はあ……」

「以前に仕入れた品物はどうした？」

「売れました」

「その仲買人から仕入れたものは外にまだあるか」

又十郎はさらにきく。

「いえ、ありません」

「全部売れたのか」

「全部と申しましても僅かな数でしたから」

「そうか」

又十郎が長兵衛に顔を向けた。

長兵衛は頷いて、

「加賀屋さん、その仲買人から仕入れた友禅の柄など教えていただけますかえ」

「どうしてですか」

「ちょっと確かめたいことがありましてね」

「…………」

「いかがですか」

「はあ。覚えているかどうか……」

加賀屋は聞き取れないほどの小声で言う。

「覚えていない？　京友禅の高級な品じゃなかったんですかえ」

「そうですが」

「では、その品を買った客の名を教えていただけませんか」

「それは困ります」

加賀屋は急に声を高めた。

「なぜですね」

「お客さまのご迷惑になります。おかみさんに買ってあげたのか、お妾にかわからないじゃありませんか」

「おかみさんの前で、友禅のことはきかないようにしますよ」

「でも、困ります」

「加賀屋。どうやら教えたくないっていうことだな、他にもまずいことがあるんじゃないのか」

又十郎が鋭くきいた。

「そんなことありません」

「加賀屋さん、ひょっとして旗本の清川与兵衛さまから手に入れたんじゃありませんか」

長兵衛はずばりきいた。

「な、なにをもってそのようなことを仰いますか。違います」

加賀屋はむきになっている。

「清川与兵衛さまは相川長門守さまとお親しいのですか」

「………」

加賀屋から返事がない。

「どうなんですか」

「……知りません」

ようやく答えた。

「番頭さんは？」

「存じません」

番頭は首を横に振った。

「河下さま。いったい何をお調べですか」

「お城への献上品が市中に出回っているらしい。それを調べている」

「………」

加賀屋の顔は青ざめていた。

又十郎は長兵衛に目顔で告げてから、

「邪魔をした」

と、立ち上がった。

長兵衛もおもむろに立ち上がりながら、訊ねた。

「最後にひとつ、清川与兵衛さまのお役目をご存じですか」

「………」

知っていて答えられないのだろう。長兵衛の勘が働いた。

「ひょっとして納戸役ではありませんか」

「知りません。聞いたことがありません」

加賀屋は懸命にごまかしている。

長兵衛はそんな姿に思わず哀れむように言った。

「おかげで、相川長門守さまとの関係もわかりました」

加賀屋は肩を落としている。

外に出てから、長兵衛は改めて訊ねた。

「河下さま、おそらく清川与兵衛さまは納戸組頭相川長門守さまの配下ではありませんかね」

「そんなところだろう」

「左団次は盗まれた献上品を奪っていたのでしょうか」

「だが、どうして左団次がそのことを知っているのか」

「ええ」

「俺は念のためにこれから『坂田屋』へ行ってみる」

「あっしは店が気になりますので」

「わかった。何かあったら、また『幡随院』に行く」

「へい」

烏丸の左団次の狙いは献上品なのだろうか。それともたまたま盗んだ品物が献上品だったのか。

思案しながら、長兵衛は花川戸の『幡随院』に帰った。

三

翌日、人形町通りにある『小染』に行った。昨夕、親父からの使いが来たのだ。今日の昼過ぎに来いという。

庭から入ると、座頭の徳の市が親父と向かい合って茶を飲んでいた。

濡縁に近づくと、徳の市が顔を向けた。まるで目が見えるようだ。

「来たか。上がれ」

親父が言う。

「へい」

長兵衛は濡縁から上がった。

「もう終わったのですか」

「ああ、済んだ。徳の市の揉みはよく効く」

「そいつはよかった」

長兵衛は頷いて、

「徳の市がおめえに謝りたいと言うのでな」

「で、何か」

親父が言うと、すかさず徳の市が口を開いた。

「長兵衛親分。すみません」

「なんだね、俺はおまえさんに謝ってもらうことなどねえが」

「早川検校に会わせるという件です。検校に、長兵衛親分の話をしたのですが、だめだと言われて……」

「なんだ、そんなことか。気にしなくていい。はじめから無理だと思っていたんだ」

「はい、申し訳ありません。最初は、会ってもいいようなことを仰っていたのですが、急に……」

「そうか。急に気が変わったのか。何かあったのかえ」

「それが……」

徳の市は言いよどんだ。

「遠慮しなくていい。言ってくれ」

「はい」

徳の市はまだ迷っていたが、

「早川検校は、長兵衛親分のことを調べさせたようです」

「俺のことを調べた？」

「はい」

「それで会わないと……」

「長兵衛の何がいけなかったのか」

親父が首を傾げ、

「口入れ屋という商売が気に入らないわけではないだろう」

と、呟く。

「しかし、誰に俺のことを調べさせたのだ？」

「島野雄太郎《しまのゆうたろう》という浪人です」

「島野雄太郎？　何者だ？」

長兵衛は顔をしかめた。

「早川検校が目をかけている侍です。いろいろ相談を持ち掛けたり、腕が立つので用心棒のようなこともしています」

「どんな……」

長兵衛は言い止《さ》した。

目が見えない徳の市にきいても仕方ない。

「細身で背は高そうです。声の感じからして三十過ぎ」

徳の市は察して答える。

「わかった。ありがとうよ」

長兵衛は礼を言う。

「早川検校より島野雄太郎って侍に会いたくなった。いったい、俺を早川検校に会わせたくないわけはなんなのか知りたいものだ」

「私がきいてみましょうか」

「いや、いい。また、よけいな負担をかけちゃ悪いからな。ところで、早川検校の住まいはどこなんだ?」

「小石川中富坂町《こいしかわなかとみさかちょう》です。その付近で、早川検校の屋敷ときけば、すぐ教えてくれます」

「島野雄太郎はその屋敷に住んでいるのか」

「ええ、半年くらい前までは。最近はたまにしか来ていないようです」

「どこかに居を構えているのか」

「そうだと思います」

「それにしても、徳の市さんは律儀なひとだ」

「恐れいります」

徳の市は頭を下げてから、

「じゃあ、私はこれで」

「ごくろうだった」

親父は銭を渡した。

「こんなに」

徳の市は手のひらの重みを確かめたのか、恐縮したように頭を下げた。

「いい。とっておいてくれ」

「すみません」

礼を言って、徳の市は部屋を出ると、目が不自由でも鋭い勘を生かし、戸口まですんなり進んで引き上げていった。

「いくら何度も来ている家だからといってたいしたものだ」

長兵衛は感心した。

「酒でも呑むか」

親父は立ち上がって徳利と湯呑みをふたつ持ってきた。

「お染さんは？」

「店で仕込みをしている」

湯呑みに酒を注ぎ、ひとつを寄越した。

「島野雄太郎とは何者なのだろうか」

一口酒をすすり、長兵衛は呟いた。

「気になるのか」

「俺のことを調べにきた形跡はない。島野雄太郎は俺のことを最初から知っていたんじゃないかと思うんだ」

「長兵衛の近くにいる男か」

「しかし、そんな侍に心当たりは……」

長兵衛の脳裏をふとある男の顔が掠《かす》めた。

「思い当たることがあるのか」

「いや」

そんなはずはない。

「誰かいるんだな」

「烏丸の左団次の用心棒の大江直次郎だ」

「待てよ。徳の市が言っていたな。烏丸検校と早川検校は惣録の座を争っていると」

親父が厳しい顔をした。

「気になる」

長兵衛はかっと目を見開き、

「親父、また来る」

と、立ち上がった。

「待て、長兵衛」

親父が呼び止めた。

「どこに行くのだ？」

「左団次のところだ」

「大江直次郎に会いにか。早まるな。問いつめたところで、ほんとうのことを言うはずがなかろう」

親父は顎に手をやり、

「島野雄太郎のことだが」

「何か心当たりが？」

長兵衛は再び腰を下ろす。

「徳の市が言っていたな。烏丸検校は昔、座頭金を貸して暴利をむさぼり、貸し金の取り立ては凄まじかったと」

「ああ」

「俺が一度見かけたのは、下谷《したや》七軒町《しちけんちょう》にある御家人《ごけにん》の屋敷の前で、大勢の座頭が鉦や太鼓を鳴らして、金を返せの大合唱をしているところだった。毎日のように屋敷の前で、金を返せとがなりたてていたようだ」

親父は表情を曇らせ、

「その後、その屋敷の当主は妻子と離縁をしたあと自刃したそうだ」

「自刃？」

「座頭はその御家人の上役の屋敷にも押しかけ、代わりに金を返せと迫ったらしい。その御家人は上役からも責められて面目を失ったということだ。二十年前になるか」

「金を貸した座頭が烏丸検校、当時の夢の市というわけですか」

「いや、そこまではわからん」

「でも、その可能性がありますね。そして、その御家人の子が島野雄太郎……」

「わからんが、念のために確かめたほうがいい」

「調べてみよう。下谷七軒町だね」

「二十年前だからな」

「ともかく、行ってみます」

長兵衛は親父の家をあとにした。

新《あたら》シ橋を渡り、三味線堀を過ぎて、下谷七軒町に向かった。

武家屋敷が並んでいる一帯にやってきた。辻番所《つじばんしょ》に寄ったが、二十年前のことを知っている者は誰もおらず、わずかに覚えている番人がいた。

「三年前まで番人をしていた繁蔵《しげぞう》さんから、その話を聞いたことがあります」

「今、繁蔵さんはどこにいるかわかりますか」

「阿部《あべ》川町《かわちょう》の庄右衛門店《しょうえもんだな》にいます」

長兵衛は礼を言い、阿部川町に向かった。

すぐ目と鼻の先だ。庄右衛門店はすぐわかった。

長屋木戸を入ると、洗濯物を取り込んでいた女が、

「これは幡随院の長兵衛親分」

と、声をかけてきた。

「知っているのか」

「先代の長兵衛親分にはお世話になっていましたから」

「そうか。繁蔵さんに会いに来たんだが。住まいはどこだ？」

「繁蔵さんですか」

女は表情を暗くした。

「どうした？」

「繁蔵さんは去年、亡くなりました」

「亡くなった？」

「ええ、病気で」

「そうか、亡くなったのか」

長兵衛は落胆した。

「繁蔵さんに何か」

「ちょっとききたいことがあったのだ。繁蔵さんにおかみさんは？」

「だいぶ前におかみさんを亡くし、独り身でした」

「そうか」

「あっ。大家さん」

女が長兵衛の背後に目をやって声を上げた。

長兵衛が振り返ると、四十過ぎの小肥りの男が近づいてくる。

「どうした？　やっ、これは長兵衛親分」

大家は挨拶をし、

「いつぞやの新堀川の川さらいのときはお世話になりました」

阿部川町の町名主から頼まれて、『幡随院』で新堀川の川さらいをやったことがある。

大雨で新堀川の水嵩《みずかさ》が増し、菊屋《きくや》橋の橋桁に塵《ちり》が溜まって水が流れなくなったのだ。

「今日は何か」

大家はきいた。

「繁蔵さんに会いに来たのですがね、すでにお亡くなりになったと聞きまして」

「そうなんですよ。辻番所をやめてからすることがないので朝から酒ばかり呑んで。きっと寂しかったんでしょう」

大家はしんみり言い、

「繁蔵にはどんなご用で？」

「二十年前のことで」

「そうですか」

「大家さんは繁蔵さんから聞いていませんかえ。二十年前、座頭金を借りた御家人が座頭から金を返せと凄まじい取り立てを受けたと……」

「聞いています」

大家はあっさり言った。

「酔うと、よくその話をしていました。なにしろ、そのお屋敷が辻番所の前だったので、毎日のように座頭が押しかける光景を目にしていたそうです。おまけに金を借りていた家の主《あるじ》が座頭の前で腹を掻き切って死んだというんですから、繁蔵にとって強烈な印象だったのでしょう」

「座頭の前で腹を切った？」

長兵衛は驚いてきき返した。

「抗議の意味合いがあったのでしょう。座頭たちは目が見えなくとも何が起こったのかわかって動揺が走り、我先にと逃げだしたそうです」

「そうだったのですか」

長兵衛は大きくため息をつき、

「その御家人のお名前はわかりませんか」

「高山哲之進《たかやまてつのしん》さまです。繁蔵は、高山さまの妻子が可哀そうだとその話をするたびに言ってましたから」

「高山さまですか」

「ええ」

「高山さまの妻女やお子がどこにいるかは繁蔵さんはわからなかったでしょうね」

「繁蔵は気になったので、いろいろききまわったようです。御新造さまの実家だそうです」

「実家の名は？」

「そこまではわかりません」

「そうですか」

「そのことが何か」

「高山さまのお子が今どうしているのか知りたいのです」

「そうですか。そこまでは繁蔵は言ってませんでした。当時十歳ぐらいだったそうですから、今は三十……。どうしているのでしょうね」

「御新造さまの実家にいるかもしれませんが」

「そうですね」

「わかりました。助かりました」

長兵衛は礼を言い、長屋木戸を出た。

これは河下又十郎に頼むしかないと思いながら、長兵衛は花川戸に戻った。

四

その夜、『幡随院』に又十郎がやってきた。

長兵衛が客間に入るなり、

「『坂田屋』の主人も『加賀屋』と同じ反応だ。左団次に盗まれた反物は京の仲買人から仕入れたと言っていたが、その仲買人の名も言わなかった」

「やはり、献上品だと知っていたようですね」

「そうだ。それに大木隼人も納戸役だ。つまり、清川与兵衛ともども、相川長門守さまの配下だ」

「左団次は献上の品を狙って『加賀屋』と『坂田屋』に押しかけたようですね」

長兵衛はそう言ったあとで、

「ただ、わからないことが……」

と、首をひねった。

「左団次は『加賀屋』には清川与兵衛さまの使いの者と名乗り、『坂田屋』には大木隼人さまの使いと名乗った。仕入れた先の屋敷の使いの者が献上品を求めにきたら、番頭たちは不審に思うはずです。それに、清川与兵衛さまも大木隼人さまも、自ら献上品を『加賀屋』と『坂田屋』に持ち込むとは思えません。やはり、仲買人が介在しているのでしょうな」

長兵衛は想像を口にする。

「その仲買人は献上品だと断った上で『加賀屋』と『坂田屋』に納めたのでしょう」

「やはり、仲買人が存在したか」

「おそらく、相川長門守の家来が仲買人に扮していたのでしょう」

長兵衛はさらに続ける。

「札差の『守田屋』に左団次が現れたのは、その仲買人の男から『守田屋』も献上品を買い求めていたからではありますまいか。内儀か娘のために買い求めたのではないでしょうか」

「左団次はそれらの品を奪い、どうするつもりなのか。改めて、相川長門守を強請るつもりか」

「池之端仲町の料理屋『鮎川』では、左団次は草間大膳を騙っていました。草間大膳とは何者なのでしょうか」

「うむ。調べてみる」

「もうひとつ、調べていただきたいことがあります」

「何だ」

「二十年前、下谷七軒町の高山哲之進というおひとが座頭金を借りて……」

座頭たちの借金の激しい取り立てに遭い、妻子を離縁した末に自刃して果てたという話をした。

「御妻女の実家の名と、それから当時十歳ぐらいだった男の子がその後、どうなったか知りたいのです」

「わかった、明日中にわかるだろう」

又十郎は引き上げていった。

居間に戻った長兵衛は新たにわかったことをお蝶に話した。

「半年ほど前から、左団次さんが女犯の坊主を強請ったという噂があったわね」

「坊主の強請りの後に、呉服屋や札差で詐欺だ」

「その頃には烏丸検校の威を借りての悪行が知れ渡ってきた。やはり、左団次さんには明確な狙いがあったんだわ」

「明確な狙いとは？」

「わからないけど、ただの金儲けとは思えないわね」

「しかし、札差の『守田屋』と相川長門守さまからは二百五十両ずつ奪っている。金を手に入れることも目的のひとつだ」

「そうね」

お蝶は小首を傾げ、

「左団次さんは烏丸検校の威を借りて悪行を重ねてきたのでしょう。逆らう者には検校に訴え、制裁を加えてもらう」

「そういうことだ。烏丸検校は左団次を長年放っておいた負い目からなんでも聞き入れているのだろう」

「そう、なんでも。どんな無茶なことでも」

「そうだ。家斉公も烏丸検校の願いをなんでも聞いてくれるのではないか」

「だったら、どうして、左団次さんは烏丸検校にお金をせびらないのかしら。おそらく、烏丸検校には莫大な財産があるはず。それこそ、千両箱のひとつやふたつ、ぽんとくれてやることも出来るくらい」

「いや、案外と金はないのかもしれない。烏丸検校は惣録の座を狙っているらしい。そのための賄賂の金が必要だ」

「将軍の口添えがあっても？」

「将軍の口添えがあれば断然有利だと思うけど。それに、京におられる方々も将軍さまと親しい検校を惣録にしたほうが何かと好都合では」

「…………」

「…………」

確かにお蝶の言うように、惣録の座を巡る争いでは烏丸検校のほうが断然有利だ。早川検校は太刀打ちできない。

そう思ったとき、長兵衛は思わず声を上げそうになった。

翌日の昼前、長兵衛は木挽町の左団次の家を訪ねた。

おふじが出てきた。

「おや、長兵衛さん、いらっしゃい。どうぞ、お上がり下さい」

客間に案内する。

「左団次さんはいらっしゃいますか」

「今朝早く出かけて、まだ戻ってこないんですよ」

「どこに？」

「赤坂の烏丸検校のお屋敷」

「そんなこと、あっしに話していいんですかえ」

「ええ。長兵衛さんなら構わないわ。あのひと、長兵衛さんを信用しているから」

「あっしを？」

「ええ、はじめて心を開いて話せる男に巡り合ったと喜んでいるんですよ」

「左団次さんがそんなことを」

「ええ、おかみさんにもお会いしたと。他人のことを話すようなひとじゃなかったのに」

おふじは笑った。

「俺も同じだ」

「えっ？」

「いや」

あわてて、

「それより、お供は？」

と、きいた。

「いつもの周泡と権太、それに、大江さんもいっしょ」

「大江さまも……」

　長兵衛は迷ったが、

「大江さまはどこかの藩にいらっしゃったのですかえ」

「そうではないみたいね。自分のことは何も喋らないけど」

「そうではないみたいとは、どうしてですか」

「ずっと江戸にいるようだから」

「でも、親が江戸詰めだったからかも」

「そうね」

　おふじは関心がないようだ。

「左団次さんとどういう縁で？」

「暴漢に襲われたところを助けてくれたそうなの。それから、用心棒みたいになって」

「それが半年前ですか」

「ええ、そうよ」

「大江さまはときどき、おひとりでどこかに出かけたりなさいますか」

「ええ、たまにね」

「最近はいかがですか」

「そういえば。五日ほど前に出かけたみたい」

「どこに行ったかわかりませんか」

「ええ、わからないわ」

「帰ってくるまでどのくらいかかりましたか」

「一刻（二時間）以上ね」

小石川中富坂町の早川検校の屋敷まで往復出来るか。

「長兵衛さん」

おふじが怪訝そうに、

「大江さんのことをいやにきくけど、どうして？」

「いえ、なんでもありません」

長兵衛が否定したとき、土間から「お帰りなさいまし」という声が聞こえた。

「おや、帰ってきたみたいね」

おふじが立ち上がった。

「少々お待ちを」

おふじは客間を出ていった。

ほどなく、左団次が入ってきた。

「待たせたか」

「いや」

長兵衛は首を横に振り、

「烏丸検校の屋敷に行ってきたのか」

と、きいた。

「近頃はよく会っているようだな。この前は、向島の寮に行ってきたではないか」

「うむ、赤坂の屋敷には小遣いをもらいにだ」

「小遣い？　烏丸検校がおまえさんに小遣い？」

「おかしいか」

「いや。それより、向島の寮にはひとりで行くが、赤坂の屋敷には供を連れて？」

「赤坂の屋敷には長居はしない」

「大江直次郎さんも一緒だな」

「そうだ。大江さんがどうかしたのか」

「ちょっと気になることがあるのだ」

「なんだ？」

「大江さんの前身だ」

「前身など関係ない。大江さんは何度も俺を救ってくれている。肝心なのは今どうかということだ」

「確かにそうだろう。しかし」

「なんだ？」

「気になる男がいるのだ」

「気になる男？」

「二十年前ほど前、下谷七軒町の御家人高山哲之進どのはある座頭から金を借りた。ところが期日までに金が返せなかった。すると、屋敷の前に大勢の座頭が集まってきて鉦や太鼓を鳴らして、金を返せと大合唱をしたそうだ。それが、毎日続いた。近所にも借金があることが知れ渡る。あげく、座頭は高山どのの上役のところにも押しかけ、代わりに金を返せと」

「………」

「追い詰められた高山どのは妻子を離縁して実家に帰したあと、まるで座頭たちに抗議をするように屋敷の門を出たところで自刃して果てたそうだ」

「なんと痛ましい」

左団次はやりきれないような顔をした。

「金を貸した座頭は夢の市。そう、烏丸検校の若い頃のことだ」

「………」

「高山どのの子は男の子で、当時十歳ぐらい。今は三十そこそこ」

「その男の子が大江直次郎だと言うのか」

左団次が恐ろしい形相をした。

「じつは、あっしの親父がかかっている徳の市という按摩は早川検校の弟子だ。徳の市が言うには早川検校のところに三十ぐらいの島野雄太郎という浪人がいたという。ところが、半年ぐらい前から島野雄太郎はいないことが多くなったようだ」

「………」

「高山どのの子については今、調べてもらっている」

「長兵衛の勘では、大江さんは島野雄太郎だというのだな」

「そうだ。島野雄太郎にとって烏丸検校は父の仇だ。そして、早川検校にとっては惣録になるために邪魔な存在が烏丸検校だ」

「うむ」

左団次は腕組みをした。

「今、烏丸検校は世間的にはおまえさんのやってきたことで悪い印象を持たれている。烏丸検校が殺されても早川検校のことは表に出ない」

長兵衛は息を継ぎ、

「もちろん、俺の考え違いだということもあり得る。だから、確かめたい」

「確かめる?」

「そうだ。大江さんを向島の寮に誘き出してくれないか」

長兵衛は自分の企みを明かした。

黙って聞いていた左団次は納得したように最後に大きく頷いた。

「問題はどうやって大江さんを烏丸検校の前に引っ張りだすかだ」

「それは心配ない」

「うむ?」

「かねて大江さんは親父に引き合わせてくれと言っているのだ。だから、会わせるといえば、すぐ乗ってくるはずだ」

「そうか。ならば問題はない」

長兵衛はにんまりした。


木挽町からの帰り、長兵衛は人形町通りに入り、親父の家に寄った。

庭から入っていくと、親父は濡縁に腰を下ろして煙草を吸っていた。

「親父。暇そうだな」

「ああ、暇で仕方ねえ。体だって丈夫だ。まだまだ若い者には負けないのに、お蝶の奴が俺に隠居を勧めやがった」

親父は詰るようにまた繰り返したが、目は笑っている。

「俺が連れてきた嫁に引導を渡された。あんときは、俺もやきがまわったと思ったが、なんの、今だって昔のように動ける」

「そうか。それは悪いことをしちまったな」

「いや。お蝶のしたことは、正解だった。おまえは九代目としてよくやっている。それと、今暇を持て余しているのは別の問題だ」

「じゃあ、ちょっと暇つぶしに手を貸してもらえないか」

長兵衛は濡縁に腰をかけた。

「なにをやるんだ？」

「ちょっと危険なことだ」

「よし、やろう」

「中身も聞かずに安請け合いしていいのか」

「危険なことというだけで、心が躍る」

「やってもらいたいのは――」

長兵衛は企みを話した。

親父は目を輝かせて聞いていた。

その夜、河下又十郎が『幡随院』にやってきた。

長兵衛は客間に急いだ。

「河下さま。わかりましたか」

「わかった。高山哲之進の妻女の実家は旗本の島野家だ」

「やはり、島野雄太郎は……」

「島野家を訪ね、事情を聞いてみた。座頭の借金の取り立ては、島野家にも来たらしい」

「そうでしたか」

「雄太郎と母親は数年後には実家を出たらしい。居づらかったようだ。それからしばらくして母親は亡くなった。雄太郎は早川検校の世話を受けていたそうだ」

「早川検校の？」

父親を自刃に追い込んだ座頭の仲間の世話を受けたのか。

「雄太郎は才覚もあり、武芸にも優れていた。早川検校は不憫に思ったのではないかということだった」

「そうですか」

大江直次郎が島野雄太郎だという可能性は高まった。

「それから、左団次が騙った草間大膳だが、納戸頭の角田格之進《つのだかくのしん》の家来だ。池之端仲町にある料理屋『鮎川』の女将は角田格之進の妾という噂があるらしい」

「納戸頭の角田格之進、納戸組頭の相川長門守、その配下の清川与兵衛と大木隼人。この方々はお役目を利用して将軍家の品物をくすねていたんでしょうな」

「左団次は内部の事情に詳しいな」

「烏丸検校を介して聞いていたのでしょう」

「左団次が狙ったところはみな問題のあるところばかりだ」

「ただ、左団次は金を盗んでいますぜ」

長兵衛はそのことが引っ掛かった。

「長兵衛、聞いていないか」

「何をですね」

「貧しい者に金が届いているらしい」

「どういうことですか」

「娘が女郎屋に売られようとしていた夫婦が見知らぬ者から金をもらって助けられたという話を聞いた」

「どうして、そのことがわかったのですか。その夫婦は誰かに話したのですか」

「違う、金貸しの男が借金の形《かた》に娘を女郎屋に売ろうとしたら、父親が金を返しにきたというので、わしの同輩がどうやって金を用意したのか気になってその父親に会いに行ったのだ」

「………」

「最近、貧しい者が金をめぐんでもらったという話をよく聞く。だが、恵んでもらったほうは口にしていない。口外しないように言われているらしい。まわりの者が急に金を用立てたことを不審に思って問い質して明らかになったということだ」

「左団次でしょうか」

「わからんが、ひょっとすると」

又十郎はそう思っているようだ。

しかし、今は大江直次郎のことだ。長兵衛は下腹に力を込め、直次郎を迎え撃つ覚悟を固めた。

五

田圃《たんぼ》からの強い風が庭の樹の梢《こずえ》を細かく揺らしている。樹木も葉を落としていた。

残照が消えようとしていた。長兵衛は烏丸検校がいる部屋の隣に控えて、襖の隙間から覗《のぞ》いていた。

廊下側の障子が開いて、左団次が入ってきた。大江直次郎もいっしょだ。

床の間を背に、頭巾をかぶった烏丸検校が座っている。左団次と直次郎が烏丸検校の前に腰を下ろした。

「きょうは、私を半年前から支え守ってきてくれた大江直次郎を連れて参りました。父上にぜひ、ご挨拶をしたいと言うので……」

左団次が口を開いた。

「さようか」

検校が声のほうに顔を向けた。

「大江直次郎でございます」

直次郎は頭を下げた。

「じつは検校にいろいろお伺いしたいことがありまして」

顔を上げながら言う。

「私は向こうの部屋におります」

左団次はそう言い、部屋を出ていった。

烏丸検校と大江直次郎のふたりきりになった。

「検校はどちらのご出身でしょうか」

直次郎が口を開いた。

「会津だ」

「さようで」

「大江どのはどこの生まれか」

検校がきく。

「江戸です。下谷七軒町で生まれました」

「下谷七軒町とな」

「ご存じですか」

直次郎が迫るようにきく。

「いや……」

検校はとぼける。

「検校はよくご存じのはず」

直次郎はなお迫る。

「はて。なぜ、わしが下谷七軒町を知っていると?」

「二十年前の一時期、検校は毎日のようにある屋敷の前にいらしていたはずです」

「いや、何かの間違いであろう」

「お忘れか。御家人の高山哲之進に金を貸した。しかし、返済を延ばしてもらいたいとの頼みを聞き入れず、返済期限が来てからは座頭らを屋敷前に集結させてのいやがらせ」

「そなたは高山哲之進どのの息子か」

「そうだ。俺は当時十歳だった。病気の母上の治療のため、金を借りた。そのあげくが父上の自刃だ」

直次郎は吐き捨て、

「あなたは将軍の寵愛をよいことに息子の言いなりになって世を騒がせてきた。だが、そうではない。俺は半年間、いっしょにいたから、左団次が城への献上品を扱う店ばかりを狙っていることに気づいた。献上品のことはあなたから聞いていたのだ。左団次が烏丸検校の威を借りているのではない、あなたが左団次を使って献上品を奪っていたのだ」

直次郎はさらに続ける。

「諸大名はおろか、老中でさえ烏丸検校の機嫌を窺うという。まるで、陰の将軍だ。誰かが、その暴走に歯止めをかけねば、世は乱れよう」

「誰の入れ知恵か」

検校が静かに異を唱える。

「大江直次郎、いや、島野雄太郎」

「俺の名を?」

直次郎は目を瞠った。

「島野雄太郎、そなたは才知に優れた男と評判であったそうではないか。それなのに、自分のことになると目が曇るらしい」

「なに？」

「そなたは烏丸検校が絶対の悪であるという思い込みから、すべてを見ている。だから、世の動きを見誤ってしまうのだ」

検校はさらに続ける。

「そなたは早川検校の庇護《ひご》を受けてきたそうだな」

「どうしてそのことを？」

直次郎は唖然としたようにきく。

「烏丸検校のことは、早川検校から聞かされてきたのであろう。自分を拾ってくれた恩人だ。武芸や学問を身につけさせてくれたのも早川検校だ。そなたにとって、早川検校の言葉は絶対だ」

「そなた、烏丸検校ではないな。何奴」

いきなり、直次郎が刀を摑んで片膝を立てた。

「いくら才知に長けようが、早川検校を過信していては真実を見誤る」

「なぜ、烏丸検校になりすましたのだ？」

「大江さま」

いきなり長兵衛は襖を開けた。

「なぜ、おぬしがここに……」

直次郎は立ち上がって腰に刀を差した。

「大江さん」

左団次も現れた。

「左団次、おまえもぐるだったのか」

「大江さんほどのお方でも、烏丸検校への憎しみが強すぎて、あっしらの企みを見ぬけなかったようですね」

左団次が冷笑を浮かべる。

「大江さま。やはり、ご自分のことになると、目が曇るようだ」

「この男は誰だ？」

直次郎は検校を睨みつける。

「俺か。長兵衛の父親だ。八代目幡随院長兵衛だ」

親父は気持ちよさそうに名乗った。

「罠だったのか」

直次郎は悔しそうに唇を噛んだ。

「大江さま、烏丸検校が斃《たお》れたら、誰が一番得すると思いますかえ」

「………」

「惣録の座を狙っている早川検校ですよ。早川検校はあなたを使って烏丸検校を抹殺しようとしたのです」

長兵衛は言い切った。

「仮にそうだったとしても、烏丸検校は将軍の威を借り、左団次とはかって私腹を肥やし……」

「大江さま。あっしも最初はそう思っていました。ですが、左団次の被害に遭った旗本や商家を調べて、意外なことが明らかになったのです」

「なんだ？」

「毎年、将軍家には諸大名や旗本から多くの貢ぎ物が贈られてきます。その中の品物がひそかに横流しされ市中に出回っているのです。左団次さんが強請りや脅しで手に入れた品物は盗まれた献上品ばかりでした」

「………」

「献上品を横流ししていたのは納戸役の面々です。納戸頭を筆頭に納戸組頭ら、総出で盗みを働いていたのです。それが市中に出回っていたのです」

「左団次は横流しされた献上品と知っていて手に入れようとしたのか。どうして、左団次は横流しのことを知ったのだ。やはり、烏丸検校から聞いたのだ。それでしか、知りようがない」

直次郎は左団次に顔を向けた。

左団次は口を開こうとしない。

「大江さま。左団次さんの悪事と思えるものをよく調べていくと、相手は女犯の坊主だったり、あくどいことをして金を稼いでいる商人だったり……」

「そのほうが金を奪いやすいからだ。相手の弱みに付け入りやすいからだ」

「あっしも最初はそう思いました。でも、それでは説明がつかないところがあります」

「それはなんだ？」

「相手の弱みを知っているなら、そのことをネタに相手を強請ったほうが大金を手に入れられるのではないでしょうか。もっとも不思議なのは『加賀屋』や『坂田屋』から騙し取った反物を金に換えた形跡がないのです。いったい、それらの品をどう処分したのか」

長兵衛はそこまで言って、左団次に顔を向けた。

「左団次さん。もうほんとうのことを話してくれてもいいんじゃありませんかえ」

「うむ」

左団次は唸って、静かに口を開いた。

「俺たちが盗んだ品々はお城にお戻しした」

「そうか。奉行所も上のほうは知っていたんですね」

長兵衛はにんまりとして、

「やはり逆だったんだ」

「逆とはなんだ？」

直次郎は鋭い声できいた。

「悪事を働くとき、妨害した連中に仕返しをするために烏丸検校の威を利用したのではない。烏丸検校から頼まれて動いていたってことです。そうですね」

「そうだ」

左団次は認めた。

「烏丸検校は若い頃は強引な真似をしてきたが、家斉公に出会ってから世のために働こうと心を入れ換えたそうだ。烏丸検校は家斉公の寵愛をいいことに好き勝手していたのではなく、家斉公の相談役になっていたのだ。あるとき、家斉公から相談を受けたそうだ。富士見御宝蔵《ふじみごほうぞう》から献上品がなくなっている。大事にならないように密かに調べたいと」

「大事にならないようにとのお言葉ですが、かなり大がかりな犯行では？」

「関わっている者はたくさんいるが、盗まれた品はまだ少ない。目付《めつけ》などが探索する前に、実態を摑み、穏便にすませたいと」

「献上品がなくなっていれば、遅かれ早かれ公儀の者が疑問を持つのでは？　それより献上品が市中に出回っては疑いが……」

「そこはうまくやっていた。将軍が下賜されたことになっていた。下賜された者が市中に流したという体を装っていたのだ。『加賀屋』など店のほうも、下賜された品物がこっそり持ち込まれたと信じていた。下賜されたものを金に換えること自体、将軍家に対して不敬だが……」

左団次は続ける。

「すでに証は集まり、烏丸検校に預けてある」

「なるほど」

長兵衛は頷き、

「大江さま。お聞きのとおりです。烏丸検校に将軍の威を借りての振る舞いなどなかったのです」

「嘘だ」

直次郎は反発した。

「どうして嘘だと思うのですか。早川検校の言葉を信じているからではないのですか」

「…………」

「そもそも、どういうわけで早川検校はあなたを助けてくれたのですか」

「俺は母の実家で父の自刃を知った。母の実家では俺は邪魔者扱いだ。だから、屋敷を飛び出した。そのとき、俺を探して面倒を見てくれたのが早川検校だ。当時は、萩《はぎ》の市《いち》という名だった」

「どうして、萩の市が大江さまを？」

「同じ座頭がしたこととはいえ、烏丸検校の借金の催促はやり過ぎだ。自分が代わりに面倒を見ると仰ってくれた。一軒家を借りてくれて、そこに母を呼んで暮らした。武芸も習わせてくれた」

「いくらなんでもそこまで面倒を見るかね」

親父が口を挟む。

「親父どのが金を借りた座頭はほんとうに烏丸検校だったのかえ」

「…………」

直次郎が不思議そうな顔をした。

「親父、どういうことだ？」

長兵衛はきいた、

「烏丸検校は家斉公の寵愛を受けているらしいな。いくら鍼灸の腕を見込まれたといっても、人柄が悪ければ家斉公とて相手にすまい」

「父が借りた座頭は夢の市ではなかったと？」

直次郎が恐ろしい形相で問い詰める。

「早川検校は、おまえさまを烏丸検校を斃すように唆《そそのか》したのだろう。そんな男と家斉公から信頼されている烏丸検校とどっちが信用出来るかね」

「早川検校は俺を庇護してくれた」

「罪滅ぼしかもしれぬ。早川検校の目の前で、そなたの父は腹を切ったとしたら……」

「………」

直次郎は押し黙った。

「大江さまは昔から烏丸検校の命を奪おうと思っていたんですかえ」

長兵衛はきいた。

「いや、そんなことは考えたことはなかった。金を借りて返せなかった父にも非がある。それに自刃したのは責任逃れだ」

直次郎の表情が苦しげに変わる。

「では、いつ、どうして？」

「半年前、烏丸検校が将軍の威を借りて好き勝手をしていると、早川検校から教えられた。それから、父が自刃したときのいきさつを話し、世のため、自分のためにも烏丸検校を斬れと」

「惣録になるために烏丸検校が邪魔だった。それだけではありませんか」

長兵衛が言うと、直次郎こと島野雄太郎はその場にくずおれた。

数日後、長兵衛は人形町通りの親父の家に向かった。

長唄の稽古が終わるのを待って、庭から濡縁に上がり、座敷に入る。お染が三味線を片づけ、部屋を出ていった。

「親父、この前は助かった」

「なあに、お安い御用だ。いつだって声をかけてくれ。なんでもやる。なにしろ、退屈なもんでな」

「それにしても、親父の烏丸検校は堂に入っていたぜ」

「そうだろうよ」

親父は胸を反らし、

「きのう、徳の市から聞いたが、島野雄太郎が早川検校と袂を分かったそうだ」

「そうか。でも、複雑な気持ちだろうな。嘘をつかれていたとはいえ、長年庇護を受けてきた恩もあるだろうに」

「そうよな。でも、何事もなく済んでよかった」

お染が茶を淹《い》れてもってきた。

「すみません」

「このひと、烏丸検校になりすました話を何度もするから」

お染が苦笑する。

「おまえに見せたかったぜ」

親父は悦に入っている。

「また来る」

茶を飲み干して、長兵衛は立ち上がった。

花川戸の『幡随院』に帰ると吉五郎が迎えに出て、

「左団次さんとおかみさんがお見えです」

と、伝えた。

客間に急ぐと、お蝶がふたりを相手にしていた。

「やあ」

長兵衛と左団次は短く言葉を交わしただけだった。

「ふたりで積もる話があるでしょう。私とおふじさんは向こうに行っていますよ」

そう言い、お蝶はおふじと共に部屋を出ていった。

「いろいろすまなかった。納戸方のほうも片がついたそうだ。納戸方の役人は総入れ替えだそうだ。奉行所をやめさせられた同心たちも、裏で大なり小なりの悪事を働いていたんだ」

「やっぱりそうだったか。それより、おまえさんはどうするのだ?」

「じつはな、皆で会津に行くことになった」

「会津?」

「烏丸検校の故郷だ。商売をはじめるのだ。親父が今回の俺の働きのほうびといって、後《うし》ろ盾になってくれる」

「何をするのだ?」

「会津の特産品を江戸や京、大坂に売るのさ」

「奥坊主の周泡や権太も?」

「いっしょだ。大江さんもな」

「大江さんも? それはよかった」

長兵衛は安堵《あんど》した。

「それから護岸工事の請負の件、改めて『幡随院』に決まる」

「待ってくれ」

長兵衛はむきになった。

「烏丸検校のごり押しで『幡随院』に決まるなんてまっぴらだ。断る。俺はお天道さまに恥じないように」

「普請奉行に『幡随院』を貶める文がいろいろ届いたそうだ。筒井亀之助の息のかかっていた者の仕業だろう。烏丸検校にはことの真偽を吟味するように進言してもらっただけだ」

「…………」

「長兵衛、俺を信用しろ」

「わかった」

長兵衛は笑みを浮かべ、

「礼を言う」

「礼を言うのはこっちだ」

「勝五郎のことでの借りをまだ返していない」

「いや、十分に返してもらった」

「ゆっくり出来るのか。お蝶とおふじさんを交え、近くの料理屋で酒を酌み交わそうじゃないか」

「いいな」

「よし」

長兵衛はお蝶を呼びにいった。

久しぶりにうまい酒が呑めそうだと、長兵衛の気持ちは弾んでいた。

解説

小梛治宣

本シリーズも三巻目となり、主人公幡随院長兵衛の肝の坐《すわ》り方も、半端ではなくなってきた。本作では、長兵衛の、何があっても動じない「覚悟」のほどを、読者は痛快な思いで体感できるはずである。

その覚悟の一つ目は、大前田栄五郎の件だ。上州大前田村で対立相手の博徒を殺し、江戸へ逃亡してきて長兵衛の懐に飛び込んできた。長兵衛のところでは勝五郎と名乗っていたが、殺された男の仲間がその正体を見破ったようで、御代官手付の筒井亀之助が、勝五郎を捕えるために出向いてきた。だが、長兵衛はあくまでも、勝五郎を庇護《ひご》する立場を貫き通す。

そして、もう一つの覚悟は、奉行所でさえ手を出せないでいる不正に対してのものだ。そこに係わってくるのが、本作のタイトルにもなっている「烏丸検校」なのである。検校が盲人の官名であることは、ご存じのことかと思う。盲人の官位は、座頭に始まり、勾当《こうとう》、別当そして検校と昇進していく仕組みになっていた。だが、この四官がさらに多くの段階に分けられており、最高位の総検校に至るまでには、なんと七十三段階もあった。昇進するためには、その度に金がかかるようになっていて、座頭の中でも最下級の半打掛《はんうちかけ》になるにも四両必要だった。

この半打掛を始点として、座頭が四階十八刻、勾当が八階三十五刻、別当が三階十刻、検校が一階十刻、以上を合計すると十六階七十三刻になるというわけなのである。最高位の総検校になるには莫大《ばくだい》な費用がかかるとされていた。

では、そこまでの金をかけて上位を目指す動機は何なのか、そして、そのための資金をいかにして手に入れるのかという疑問が生ずるはずだ。本作の中でも簡潔に説明が加えられている通り、徳川幕府の盲人保護政策の一環として、士農工商の別なく慶弔のあるごとに、盲人に運上金を配る仕組みが完備していた。その種目は、婚礼、出産、袴着《はかまぎ》、元服、家督、法事など二十数種もあり、町内で婚礼や葬式があるたびに、即座に集金された。百文、二百文という少額から旗本、大名まで慶弔の種類や石高に応じてもらってくるので、その総額たるや膨大なものになる。本所《ほんじょ》に屋敷のある惣録《そうろく》(関八州の盲人を取り仕切る検校)のもとに集められたこの運上金と官位を売った金とを併せて、その三分の一が、職階に応じて座の盲人全員に配当された。残りは惣録屋敷の運営費と積立金に充てられるようになっていた。積立金からは、無利息で盲人たちに資金が提供されたので、彼らはこれを元手に金貸し業を営んだのである。つまり、自己資金ゼロの最下級の按摩《あんま》でも堂々と金貸しができたというわけだ。しかも、その取り立ては、幕府の盲人保護政策によって完璧に保証されていた。この利殖で彼らは競って官位を買うことになる。昇格すれば、配当の取り分も座の中での権限も大きくなるからである。

因《ちな》みに、嘘《うそ》のような、こんな話も残されている。安永四年（一七七五）というから、本作よりも半世紀ぐらい前のことである。吉原松葉屋の遊女瀬川を千両で身受けして大変な話題になった検校がいた。当時三十三歳だったこの検校は、高利をむさぼり、不法に取り立てた科《とが》で三年後に入牢《にゆうろう》させられたのだが、その資産たるや、現金二十万両、貸金一万五千両にものぼったという。このときは、この検校の他にも検校七名、勾当一名、座頭一名の計十名が検挙されている。この中の検校の一人は、貸金が十万両だったというから驚く他ない。ここからも、彼らが、公定利息の年一割八分を大幅に上回る利息を取っていたであろうことが推測できる。

さて、本作の烏丸検校に話を戻すことにしよう。烏丸検校がまだ夢の市と名乗っていたころのことだ。大奥の御中﨟《おちゆうろう》が宿下がりで実家に帰っていたとき、持病の癪《しやく》の苦しみを鍼灸《しんきゆう》で治してやったことから、彼の運が開けることになった。十一代将軍家斉が、原因不明の腹痛に襲われた折に、かの御中﨟のすすめで夢の市が治療に当たることになった。すると家斉の痛みが嘘のように治まったのだ。それ以来、将軍の覚えめでたく、検校になったのも家斉の口添えが大きかったと言われていた。

そうなると、大名や旗本、諸役人たちの烏丸検校詣でが盛んとなり、検校の屋敷は貢ぎ物で溢《あふ》れんばかりだという噂《うわさ》にもなっていた。この烏丸検校には若いころに料理屋の女に生ませた子がいた。この子が、烏丸の左団次と名乗り、料理屋の女中に絡んで、金を強請《ゆす》ったり、呉服屋から高価な着物を騙《だま》し取ったりといった狼藉《ろうぜき》を重ねていた。しかも、烏丸検校を後盾《うしろだて》にしているため、役人も手を出すことができない。下手に介入すれば、自分の首が飛びかねないからである。それをいいことに、烏丸の左団次とその手下たちは野放し状態のため、やりたい放題のありさまだった。

九代目幡随院長兵衛にとっては、それが我慢できないところなのだ。彼の存在価値にも係わってくるというものだ。口入れ屋幡随院が押し潰されようとも不正は許さぬ――その覚悟が、読者を爽快な気分にさせてくれる。この気分が味わえるところが、本シリーズの真骨頂でもある。

腰の引けた定町廻り同心の河下又十郎と長兵衛の次のようなやり取りに、長兵衛の心意気を感ずることができるはずだ。

〈「左団次に逆らえば、皆痛い目に遭う。いや、痛い目どころではない。お役を失う羽目になるのだ」

「あっしのような町の者ならお役御免は関係ない。あっしが左団次をこらしめましょう」〉

こうして烏丸の左団次と長兵衛との対決となるのだが、一筋縄ではいかない左団次にはどこか完全に憎めないところがあった。読者にもそこは感じられるはずである。それが結末のドンデン返しに繋《つな》がっていくことにもなるのだが、そこは読んでのお楽しみとしておこう。

さて、一方で、勝五郎の引き渡しに頑として応じない長兵衛の態度に業を煮やした御代官手付の筒井亀之助は、奉行所に捕縛を要請すると迫ってきた。即座に手配するというのだが、長兵衛には動ずる気配はまったく見られない。

実は、長兵衛は、こうした事態を予測していたものとみえて、ある奇策を講じていたのだ。奉行所の役人も煙に巻いてしまうような、その奇策とはいかなるものか。それによって本当に勝五郎の身の安全は保証されるのか……。

さらに、勝五郎の件に絡んで二人の男が斬殺される事件が発生してしまう。この犯人として、長兵衛にも嫌疑がかかるが、殺害の動機も、真犯人も表に見えているものとはまったく異なることを、長兵衛は探り出していく。実は、この真犯人が別の面でも長兵衛を苦境に陥らせる元凶であったのだが……。

そして、もう一つ、本作には謎が盛られている。烏丸の左団次の用心棒、大江直次郎の存在だ。彼の過去を洗っていくと、盲人の貸す座頭金に絡む事件が明らかになっていくのだが、ここにも意外な真実が潜んでいた。

という具合に、今回はこれまで以上にミステリーの要素が加味され、エンターテインメントとしての面白さに拍車がかかったようでもある。そして、先にも述べた結末のドンデン返しによって、左団次の悪行の裏にあったものが判明したその時、読者はどこかほっとした気分と、爽快さを味わうことになるに違いない。

この後味の良さは本シリーズに共通したものではあるが、それを生み出すのに一役買っているのが、先代の長兵衛と年上女房お蝶、そして幡随院で働く身内の面々の存在だ。九代目長兵衛が揺るがぬ覚悟を持てるのも、彼らとの信頼の絆《きずな》があってこそなのである。本シリーズを読んで、「家族」の意義と大切さを改めて感ずるのは私だけではあるまい。勝五郎が、憂いなく身内に加わったことでシリーズの今後がどう展開していくのか、今から楽しみである。

（おなぎ・はるのぶ　日本大学教授／文芸評論家）

本書は、集英社文庫のために書き下ろされた作品です。

本文イラスト　横田美砂緒
本文デザイン　岡　邦彦

小杉健治の本

九代目長兵衛口入稼業

江戸で人材派遣業を営む幡随院長兵衛は、中間を世話した旗本で賭場が開帳されている噂を耳にする。その背後に潜む闇とは。粋でいなせな男の活躍を描く、書き下ろし時代小説!

御金蔵破り　九代目長兵衛口入稼業 二

護岸工事をめぐって普請奉行が不正!? 大金が絡む企みに嵌められた長兵衛、必死の反撃なるか。曲がったことは許さない江戸のニューヒーローが活躍、痛快時代小説第二弾!

集英社文庫

集英社文庫

陰《かげ》の将軍《しょうぐん》、烏丸《からすま》検校《けんぎょう》 九代目《くだいめ》長兵衛《ちょうべえ》口入《くちいれ》稼業《かぎょう》 三

2021年11月25日 第1刷 定価はカバーに表示してあります。

著　者　小杉健治《こすぎけんじ》

発行者　徳永　真

発行所　株式会社 集英社
東京都千代田区一ツ橋2-5-10　〒101-8050
電話　【編集部】03-3230-6095
【読者係】03-3230-6080
【販売部】03-3230-6393(書店専用)

印　刷　株式会社広済堂ネクスト

製　本　株式会社広済堂ネクスト

フォーマットデザイン　アリヤマデザインストア　マークデザイン　居山浩二

ISBN978-4-08-744326-4 C0193